玫瑰与指环

THE ROSE AND THE RING

[英] 威廉·梅克比斯·萨克雷/著　　顾均正/译

中国青年出版社

编者的话

————

英国大文豪萨克雷的这部《玫瑰与指环》写于1854年。可能很少有读者知道这本书吧，这并不奇怪，在萨克雷辉煌的著作中，它确实有些"另类"。因为，这本书是萨克雷专门为孩子们写的，也是他文学生涯中唯一一部儿童作品。

创作《玫瑰与指环》时，正值圣诞节，萨克雷旅居意大利首都罗马的波尼亚托夫斯基宫。在那所大房子里，萨克雷遇到了一群英国孩子和一位极富想象力的家庭女教师——朋思女士。当地的风俗与英国不同，如果想给孩子们筹办一个聚会取悦他们，光靠魔灯（magic-lantern，幻灯机）或《第十二夜》中众角色的画片是不行的，那里的孩子们喜欢创新的娱乐。于是朋思女士就请萨克雷一起用《第十二夜》中那些人物——国王、王后、爱人、贵妇、花花公子、武士等，创作了一个故事。然后每天晚上给孩子们讲一"幕"，成了孩子们最喜欢的火炉边童话剧。萨克雷的小听众们被故事中吉格略、布尔波、铂星达和安琪尔佳的奇遇深深吸引，书中门房的命运引起了他们相当大的轰动，而格罗方纳伯爵夫人又引得孩子们哈哈大笑。

就这样，在欢笑声中，在欢乐的时光里，《玫瑰与指环》诞生了。

从这个创作过程我们能看出，萨克雷为了这本小书，实在花了不少心思。就连书中人物怪怪的名字，也都是有寓意的，为了便于读者们更好地理解原著，我们编制了一个"人名/地名说明"（见后），供大家参考。

《玫瑰与指环》是一部童话，但萨克雷也同样希望成年人们能从作品中获得乐趣。的确，童话的对象绝不仅限于孩子们。比如，每个孩子都听过《丑小鸭》吧，而这些孩子长大成人、为人父母之后，会不会给自己的孩子讲《丑小鸭》呢？一定会的。面对孩子清澈的眼睛，当年的孩子/今天的父母第二次（第N次）拿起经典童话时，一定会竭尽所能、穷其所想地为孩子展现那个美丽的童话世界。那么，成年人们，这故事是否会勾起你们童年的美好回忆？会不会想起年少时的梦想？而现实生活怎样呢，你们对你们存在的世界满意吗？但这些，与孩子们无关。请拿上这本书，带着孩子一起进入那个完美世界吧，尽情欢笑吧。

《玫瑰与指环》与其他世界著名童话相比毫不逊色。你不知道这本书，但你一定知道萨克雷的《名利场》，萨克雷其他作品的光芒就这样掩盖了它的光辉。你不知道这个童话，这是因为萨克雷本来就不是专门的童话作家。但是这些都无损于这部作品本身的品质，《玫瑰与指环》绝对称得上传世经典童话。

好在，有卓见者为我们发现了这部作品。著名翻译家顾均正先生于1928年将这部作品带给中国读者，推出了第一个中译本。顾先生的这个译本朴实、精到、雅致，其后虽也还有其他译本，但均无法与此版本相比。故而这次我们选取了这个最为经典的"名著/名译"版奉献给读者，希望大家喜欢。

所以，"……做父母的该在第一个机会就去买这本书，因为儿童没有它，便不能算是受过完全的教育。"

编者

2012年8月

人名/地名说明

——

　　萨克雷创作《玫瑰与指环》时身处意大利，可能是为了"入乡随俗"，所以作品中的人名、地名等很多都是用意大利语表示的，也有些是用英语造出来的谐音词。这些名字看上去怪怪的，但实际上它们是有含义的，而且切合每个人物的特点，详见下文。

人 名

　　安琪尔佳（帕弗拉哥尼亚王国公主）：Angelica，天使。

　　布尔波（鞑靼王国王子）：Bulb，球茎。我们可以称他为

"土豆王子"，这一点读者看到他的肖像就会了解。

卡沃费欧瑞（鞑靼前国王）：Cavolfiore，花椰菜。

根巴培拉（侍官长）：Gambabella，美腿。这是个卑躬屈膝的人物，请见第47页插图。

吉格略（帕弗拉哥尼亚王国王子）：Giglio，百合花，纯洁的人（在意大利语中该词专指男性）。

帕德拉（鞑靼国王）：Padella，平底锅。

露珊尔白（铂星达）：Rosalba，白玫瑰。这个词拉丁语的意思是白色的玫瑰（但也许是取自威尼斯女画家罗萨尔巴·卡列拉Rosalba Carriera的名字）。

萨维奥（帕弗拉哥尼亚王国前国王）：Savio，聪明。

托马索·洛伦佐（鞑靼国王御用画师）：托马斯·劳伦斯的意大利语形式。

瓦拉罗索（帕弗拉哥尼亚王国国王）：Valoroso，勇敢的、聪明的。

格伦布索（帕弗拉哥尼亚王国首相）：Glumboso，与英语"glum"谐音，沮丧的、阴郁的。

格罗方纳伯爵夫人（公主的教师兼保姆）：Gruffanuff，与英语"gruff enough"谐音，凭这个名字读者就能明白这个女人是多么粗俗，见第11页插图。

霍金那摩（鞑靼国的伯爵）：Hogginarmo，与英语"Hog in Armour"谐音，就是"穿盔甲的猪"，见第99、101页插图。

古塔索夫·海特查夫（卫队长）：Kutasoff Hedzoff，这是一个双关语。一方面与英语"cuts off heads off"谐音，另外也与俄国著名将军米哈伊尔·库图佐夫（Mikhail Illarionovich Kutuzov）的名字谐音。

派奥拉笃（太医）：Pildrafto，与英语"pill and draught"谐音，药丸与汤药。

斯莱波资（布尔波的御前大臣）：Sleibootz，与英语"sly-boots"谐音，指狡猾、虚伪的人。

斯贵累托梭（司法总长）：Squaretoso，与英语"square toes"谐音，指古板的人。

地 名

帕弗拉哥尼亚王国与鞑靼王国：

帕弗拉哥尼亚王国（Paflagonia）是帕夫拉戈尼亚（Paphlagonia）的意大利语形式。帕夫拉戈尼亚是一个地处黑海南岸的古老的王国。鞑靼王国（Crim Tartary）这个名称已经不再使用，它是指克里米亚汗国，一个存在于中世纪的地处黑海北边的克里米亚鞑

鞑人居住的国家。这样取名大概是因为写作《玫瑰与指环》的那
年克里米亚战争爆发。两个国家的地理位置也与文中的一个场景
相符：安琪尔佳带着嘲笑的口气道："我敢说你从没有听过这样
一个国家。你听见过什么呢？你根本不知道鞑靼到底是在红海上
还是在黑海上。"吉格略回答说："它是在红海上。"

波斯福洛大学

吉格略去的大学叫做波斯福洛（Bosforo）大学，它是博斯
普鲁斯海峡（Bosporus）的意大利语形式。故事中描述的这个
大学很明显源于牛津大学，而"Oxford"和"Bosporus"都含有
"公牛经过的地方"的意思。

布龙波丁加城

布龙波丁加（Blombodinga）是帕弗拉哥尼亚王国的首都，
这个词与英语"plum pudding"谐音，意为葡萄干布丁。

译者的话

———

19世纪中叶是英国小说最兴盛的时期。长篇小说到了这时候，才转了一个新的方向；它渐渐变得活泼、热情和错综起来；借了三四个天才者之手，把它提升到一个很优越的地位。在这几个新兴的长篇小说作家中，该推萨克雷坐第一把交椅。萨克雷虽是生于1811年，然而他的成名却是在1848年他的《名利场》（Vanity Fair）完成以后。不过他的机敏、灵活和感伤的性格，早就显露了出来了。单就《乱世儿女》（Barry Lyndon）一书，已能够证明一个一流作家的诞生，他揭露了世纪的病态，它的假乐观主义、它的浅薄。但实际上，在他早年的作品中，他还没有把捉到写小说的专门技术，他研究了菲尔丁①才感悟到写作机制的一种显明的进化。他读了乔纳森·威德②的东西，便写成了《乱世儿女》；他更刻苦地研究了汤姆·琼斯（Tom Jones），就写出了那不朽之作《名利场》。到这时候，他才开始捕捉到写作的真正技术。所以萨克雷闻名于世之时，年纪已近40岁，而他在52岁上就去世了。

萨克雷无疑是一个天才的作家，他给了我们以比事件所能引起的更深的思索。菲尔丁将萨克雷的天才引进了成功之门，正如与他同时的新兴作家狄更斯之得益于斯摩莱特③一样。但萨克雷并非菲尔丁的皈依弟子，当我们读到他的大作《亨利·艾斯蒙德》（The History of Henry Esmond）时，这两个作家的相似处便跃然纸上了。萨克雷的功绩，与其他任何作家相比，不容易用几句简单的话来说明的。他是一个很矛盾的人——仪表粗恶，态度却很精雅；做事脚踏实地，却又常常迷恋于感伤与偏见的浪漫的

① 亨利·菲尔丁（Henry Fielding，1707—1754），英国著名小说家、剧作家，代表作品《汤姆·琼斯》。
② 乔纳森·威德（Jonathan Wild，1683—1725），18世纪时伦敦臭名昭著的罪犯。菲尔丁曾于1743年以其为原型创作了《大人物乔纳森·威德传》。
③ 多比亚斯·乔治·斯摩莱特（Tobias George Smollett，1721—1771），苏格兰诗人、作家，代表作《蓝登传》、《皮克尔历险记》。

海市蜃楼；一方面是个常带泪痕的犬儒主义信徒，一方面却是个相信任何人之长处的乐观者。萨克雷获得的荣誉，全在他那悸动的与差不多令人悲不自胜的活力；他忍受，他苦笑，他沉思，他感伤，而当我们跑近他的身旁，望见了他大眼镜的光辉时，我们就分享着他的情绪。他的进入于18世纪人生的异常的能力，和把这人生改造了放在我们的面前，实是他得到我们尊敬的最确切的理由。

萨克雷（William Makepeace Thackeray，1811-1863）是东印度公司办事员李奇蒙·萨克雷（Richmond Thackeray，1781-1815）之子，他的母亲名安妮·贝契尔（Anne Becher，1792-1864）。他于1811年6月18日生于印度的加尔各答，5岁时父亲去世，母亲将他带到英国，不久就再嫁了。1822年，萨克雷被送到查特豪斯学校（Charterhouse School）读书，1829年2月，又升入剑桥大学的三一学院，可是下一年就辍了学。他跑到德国和法国去，想做个职业的艺术家。

1832年，他回国继承到一份很大的遗产，可是几个月后，他就把遗产统统花光了。为贫穷所迫，于1833年之末，他又避到巴黎去，然而因为没有固定职业，所以经历了好几年的颠沛和困苦。直至1836年，他常在《弗雷泽杂志》（Fraser's Magazine）上投稿，才得以勉强维持生活。这时他娶了妻，移家伦敦，依旧不曾过上舒服的日子。他从这个时候起，直至1846年，差不多大部分靠着《弗雷泽杂志》的稿费过活，他那时候所作的东西，是一些故事和杂记，取了迈克尔·安吉洛·提马仕（Michael Angelo Titmarsh）这个假名。他的第一部比较重要的作品，便应该是1838年的《马夫精粹语录》（Yellowplush Papers）。1840年，他出版了《巴黎小品集》（Paris Sketch Book），同年，他的妻子得了癫狂症，使他从此过上了独居的生活。1842年，他开始和《喧闹的伦敦》（Punch, or the London Charivari）杂志发生关系，于1846年至1847年，他接续在这里发表了他的《庸人之书》（The Book of Snobs），后于1848年印成单册。1843年，他的《爱尔兰小品集》（The Irish Sketch Book）出版了，在这册书上，他才抛弃了提马仕的署名，而自称为"W. M. Thackery"。但并不是这一册书或1844年的《乱世儿女》和1846年的《从康希尔到大开罗》（Notes of a Journey from Cornhill to Grand Cairo）使萨克雷成名。他的天才之被人认识，乃得益于他较长的作品《名利场》，完成于1848年。现在，他变成文坛的重镇了，他在社会上受到万人的景仰。于是他就乘兴坐下来写另一部长篇小说《潘丹尼斯》（Pendennis）；但是在1849年，他害了一场很厉害的病，从此身体受了打击，至终身没有完全复原。然而在这时候，他却最富于文学的活动。接着《潘丹尼斯》之后，他又写了《丽贝卡与罗薇娜》（Rebecca and Rowena）和《莱茵河的齐克柏里家》（The Kickleburys on the Rhine）两本书。

在这时候，他开始在伦敦作公开讲演，得到非常的成功，接着又到各地及美国去讲演。使萨克雷蜚声远近的最主要的两讲，是《英国18世纪的滑稽作家》（The English Humorist of the Eighteenth Century）和《四乔治》（The Four George）。1852年的冬天和1855年，他都在美国讲演，使他的声名远播，当时除了狄更斯之外，简直是无人能出其右。

其时，萨克雷又接连写了好几部长篇小说，《亨利·艾斯蒙德》出版于1852年，《纽康家》（The Newcomes）于1853至1855年分几回出版，《维吉尼亚的人们》（The Virginians）亦于1858至1859年分几回出版。1859年，他做了《康希尔杂志》的主编，直至1862年4月。在这本杂志上他开始发表他的《曲折新闻》（Roundabout Papers）。萨克雷时常想找到一个其他的职务以减轻他的还不尽的文债。现在他是顺利了，很想进众议院去闹着玩，因此1857年他在牛津候选，但结果却失败了。

1863年，他在肯辛顿（Kensington）建了一座住宅，因为他在这时候早已把他年轻时所花掉的钱挣回来了。然而他享福的日子却并不多，因为他曾患了10年的心病。就在这一年的圣诞节早晨，他突然起了痉挛，未及救治，即与世作古了。他的最后的长篇小说为《鳏夫洛佛尔》（Lovel the Widower）和《菲利浦的冒险》（The Adventures of Philip）；他的另一篇未完的长篇小说《丹尼斯·杜瓦尔》（Denis Duval），则是在他死后发表的。

《玫瑰与指环》（The Rose and the Ring）是一部童话，这虽不是萨克雷的重要作品，但使他在少年文学中也有相当的地位。

本书作成于1854年的圣诞节，那时候萨克雷正旅居意大利。他的友人朋思女士，和萨克雷同住在一个大家庭中当家庭教师，请他作些人物书来给小孩子玩。朋思女士是一个富于想象的人，在看过了这些人物书后，就和萨克雷把这些人物编造了一个故事，在夜间拿去讲给小孩子听。后来萨克雷把它记下，就成了这部《玫瑰与指环》。

从本书的写作经过看来，作者在事前虽没有怎样的企图与计划，然而由于他的惊人的技巧，却产生了一个意外的收获。书中叙吉格略的忠厚豁达，安琪尔佳的自作聪明，露珊尔白的机敏，布尔波的愚戆，以及奸诈的格罗方纳夫人和爽直的海特查夫，都恰到好处。那种对人类一般弱点的讽刺，是永远鲜活的，它不但使少年读者感到无比的畅快，同时又使成年的读者感到刺骨的隐痛。譬如书中讲卡沃费欧瑞国王征讨帕德拉的事情，作者似乎是先知地在讽刺着现在的所谓"宣传"那东西。

“起初，在鞑靼的《朝报》上说，国王征讨大胆的叛徒，得到非常的胜利；在后又宣传这无耻的帕德拉军队，已经溃退了；然后又说王师所向无敌，歼除叛逆，指日可待；然后，然后真的新闻传到了，声称卡沃费欧瑞王已经被征服和枭首，最后的胜利还是操之于我们的元首帕德拉国王第一！”

读者看了这样的一段话。能不闭目想一想自己身处的那世界吗?

最后我要用童话家安德鲁·朗格[1]在他的《黄色童话》的序里的话来作为本文的结束：

“编者在临了前不得不向读者进一个忠告：如果他们要找寻读物的话，就可以去读萨克雷先生所著并且由他自己绘图的《玫瑰与指环》。这一册书，编者以为是每一个儿童图书中所不可缺的，做父母的该在第一个机会就去买这部书，因为儿童没有它，便不能算是受过完全的教育。”

顾均正

1928年12月17日

① 安德鲁·朗格（Andrew Lang，1844—1912），苏格兰著名诗人、小说作家及文学评论家。

目录

第一章 皇家早餐

　　小朋友们，请先看看这页上面的图。这是帕弗拉哥尼亚王国的国王，瓦拉罗索第二十四世；他正和他的王后、独生女安琪尔佳一起坐在餐桌边进早餐。忽然，一封鞑靼国王帕德拉寄来的信扰乱了宁静的早餐气氛，信中声称他们的王子布尔波将要来拜访瓦拉罗索国王。国王面露喜色！任那鲜美的鸡蛋冷掉，任那精致的点心变了味，只是聚精会神地看着鞑靼国王的信。

　　"啊！是那个顽皮的、勇敢的、可爱的布尔波王子么？"

安琪尔佳嚷道："他是那么英俊、那么成熟、那么机智——他曾经征服林邦巴孟托，在那儿杀死了一万个巨人呢！"

"谁和你说起过他，我的宝贝？"国王问。

"一只小鸟……"安琪尔佳回答道。

"是可怜的吉格略。"妈妈呷着茶说。

"讨厌的吉格略！"安琪尔佳昂头喊道，她过于激动的动作使得头上的发饰也跟着刷刷作响。

"我希望，"国王咆哮着说——"我希望吉格略已经……"

"吉格略已经好些了么？当然，我亲爱的，他已经好多了。"王后道，"今天早上，安琪尔佳的小侍女铂星达给我送早茶时，曾对我说过。"

"你常常喝茶，"国王皱了皱眉头说。

"这总比喝葡萄酒或白兰地好一些，"王后答道。

"是哟，是啊，我亲爱的，我只不过是说，你喜欢喝茶罢了。"帕弗拉哥尼亚国王努力控制着自己的火气，"安琪尔佳！我希望你的新衣服已经足够多了，你在裁缝那儿的账单可是相当长呀。我亲爱的王后，我们要举行一次欢迎会了！我比较喜欢宴会，但是你，自然更愿意去舞会喽。你那件穿不破的蓝天鹅绒衣服，我都看烦了。亲爱的，我希望你戴一串新项链。快去定一串吧！至多也不过十来万英镑嘛。”

“那么吉格略呢，亲爱的，”王后说。

“吉格略可以到……”国王怒吼道。

“喔，”王后尖叫起来，“他是你自己的侄子！是我们已故国王的独生子啊！”

“吉格略可以到裁缝那里去定做，叫他拿账单去向格伦布索支钱就是了。他真不幸！我想安慰安慰他。不要让他缺少什么东西；给他两块钱做零用钱吧，我亲爱的王后；而你，在买项链的时候，再去定一付手镯吧，发太太。”

国王爱开玩笑地叫自己的王后为发太太。看来，即使是威严的国王也可以说说笑话，这个尊贵的家庭是很融洽的。王后抱了抱她的丈夫，然后伸出一只臂膀搂着她的女儿，一同离开餐室，去为欢迎高贵的佳客做准备了。

她们走后，那种流露在这位丈夫和父亲眼里的笑意消失了——那种国王的骄傲也消失了——瓦拉罗索显然很是孤独。要是我有大小说家的文笔，我一定要用最适当的文字来描写出他的悲怀，还要描摹他闪光的眼睛，他翕张的鼻子——以及他的长袍、手帕和皮靴等等。但是不用说，我没有那样的文笔，因此只说瓦拉罗索独自坐在那里，也就够了。

他在桌子上抓了一只早餐时用的蛋盅，跑向柜橱抽出一瓶白兰地酒，一口气干了好几杯，然后放下"酒盅"，发出一阵干涩的笑声，"哈，哈，哈！现在瓦拉罗索又有精神了。"

"但是！"他接着说（我不得不指出，他还在继续喝着酒），"在我未做国王以前，根本不需要这种浇愁的狂饮；当时，我非常厌恶那浓烈的白兰地，所喝的只有天然的清泉。每天清晨我提着猎枪，指着朝露，外出去打鹧鸪、竹鸡或麋鹿的时候，但见碧水潺潺，在岩石间缓缓地流过，我就捧起来喝上几口！啊！英国的剧作家说得好，'烦恼常附在戴王冠者的头上！'我为什么要窃取我侄子，我小吉格略的……？窃取！我这样说了么？不，不，不，不是窃取，不是窃取。让我收回那句难听的话吧！我是接受，这顶帕弗拉哥尼亚的王冠，戴在我轩昂的头上；我是接受，这根帕弗拉哥尼亚的银杖，搁在我尊严的肩头；我是接受，这个帕弗拉哥尼亚的宝球，托在我伸开的手里！那个可怜的毛孩子，那个乳臭未干的毛孩子——不久前还在乳娘的怀抱着，哭着要糖果，啼着要奶喝——怎么能担当得起王冠、银杖或宝球等的重量呢？怎么能佩上我父亲所佩的宝剑，去抵御顽强的鞑靼人呢？

接下来，国王在心里继续争辩着（不用我说你也会明白，这样的自说自话，根本就不是争辩），认为他所得到的威权乃是他所应得的。并且他还一度产生了有一种不可名状的戏剧性想法，认为他如果能用某种婚姻来把两个国王、两个曾经血战过的国家——譬如从前的帕弗拉哥尼亚人与鞑靼人联合起来，那么就不可能让吉格略复位。即使他的哥哥萨维奥国王还活着，也一定会舍去他自己儿子的王冠，来换回这样一个如愿的联合。

我们就是这样自己骗自己！我们就是这样妄想自己的愿望是正当的啊！国王提起精神，读着报纸，吃完了他的松饼和鸡蛋，就按铃召见他的首相。而王后正在盘算她要不要跑上楼去看看正在生病的吉格略，她想，"且慢，正事要紧。我不妨下午去探望他；现在我要坐车到珠宝店里去看看项链和手镯了。"同时，公主回到她自己的卧室里，吩咐她的侍女铂星达，把她所有的衣服，统统整理出来；至于吉格略呢，他们早已忘记他了，正如我们忘记了去年最后一个星期二的晚餐吃的是什么一样。

第二章　瓦拉罗索王篡位，吉格略王子失国

　　帕弗拉哥尼亚在一两万年以前，尚是一个没有制定继承法的国家。萨维奥王死时，就叫他的弟弟摄政，兼为自己儿子的保护人。但是这个阴险的摄政者，却并不尊重已故国王的意愿；他自称为帕弗拉哥尼亚的统治者，定名号为瓦拉罗索王第二十四世，又举行了一次盛大的加冕礼，令国中所有贵族都来朝贺。等瓦拉罗索在宫廷中开了几次舞会，给了他们许多的金钱土地之后，帕弗拉哥尼亚的贵族也就不在乎谁是国王了；至于人民呢，在那个古老的时代，也和现在一样抱着漠然的态度。吉格略王

子，在父亲亡故时年纪尚小，也毫不在意失去他的王冠和国土。他平常有许多的玩具玩，有许多的糖果吃，每星期有五天的假期；等到年纪稍长，又有一匹马一杆枪出去打猎，此外还有他喜欢的堂妹同他做伴。可怜的他，早已十二分地志足意满了，所以他并不妒忌他叔父那尊贵的王袍与银杖、伟大却不舒服的宝座以及早晚都戴着的笨重的王冠。现在还留着瓦拉罗索王的肖像。你们看了这张图，我想你们有和我一样的感触吧：国王有时必定会讨厌他的天鹅绒长袍、他的钻石、他的银鼠裘以及他庄严的仪表吧。我是不喜欢穿着这样一件气闷的长袍，并在头上戴这样一个笨重的东西。

无疑地，王后在年轻时一定长得很美丽；虽然她中年后渐渐发胖，然而她的仪容，如后边的图中所示，毕竟还算漂亮。若说她喜欢瞎奉承、说坏话、打纸牌和穿时装，那么我们不要去深责她了，因为这种缺点横竖不会比我们自己的问题严重多少。她待她的侄子很亲热；每当她想到她的丈夫僭（jiàn）取了小王子的王冠时，便自己慰藉道，国王虽篡位，但到底是一个最可尊敬的人，等到他百年之后，吉格略王子便可重新获得王位，并且和他亲爱的堂妹同享这无上的尊荣。

首相的名字叫格伦布索，他是一位老臣子，对瓦拉罗索国王十分忠心，国家的一切政务，国王全都交给他。瓦拉罗索所喜

欢的，无非是多多的金钱，多多的猎狩，多多的奉承和极少的麻烦。国王因为终日只是安闲逸乐，所以全然不知道百姓的疾苦：他兴起了好几次的战争，在帕弗拉哥尼亚的报纸上，不用说都在宣传他取得了多么巨大的胜利；他把自己的铜像，建在全国的每个城市里；他的肖像自然到处都张挂着，并且在所有书店里都有出售。大家都称他为豪侠的瓦拉罗索、胜利的瓦拉罗索、伟大的瓦拉罗索。看来谄媚这事，就是在这古朴的时代，臣民也早已学会了。

国王夫妇只有一个小女孩——安琪尔佳公主。她在朝臣、父母或自己的眼里看来，都是一个完美无缺的美人。据说，她生着最长的秀发，最大的眼睛，最细的腰，最小的脚，有比国内任何少女都美丽的面容。至于她的才艺，据说竟更胜于她的美丽；女教师常拿安琪尔佳公主的才能来讥笑她的懒惰学生。公主一过目就能够弹奏最难的乐谱，能够回答任何艰难的问题，她知道本国和其他各国历史上的每个纪念日，她知道法语、英语、意大利语、德语、西班牙语、希伯来语、希腊语、拉丁文等很多国家地区的语言。总而言之，她是一个多才多艺的小家伙。她的女教师兼保姆，便是严肃的格罗方纳伯爵夫人。

你们看了这张图，很自然就能想到格罗方纳夫人必定是一个上等出身的人。她的神气是这样的骄傲，以至于我认为她至少是

一个公主呢。但是实际上，这位太太的出身，比其他趾高气扬的太太们高贵不了多少；凡是明白事理的人，都暗笑她荒谬的自豪。

　　说句实话，她在王后尚做公主的时候，曾经做过王后的女仆。而她的丈夫则曾经做过男仆中的头头，但是当他死亡或失踪了之后（这件事，我们马上就要讲到了），这个格罗方纳夫人靠谄媚、谀附和哄骗她的女主人，得到了王后这个心肠极软的妇人的宠幸，于是王后就给她一个头衔，并且令她做公主的保姆。

　　现在我必须要告诉你们关于公主的学问和才艺了。她在这方面的情况说起来是极为惊人的。安琪尔佳确是聪明的，但也懒惰得可以。看了乐谱就会弹奏，的确！她能够弹奏一二节，并且假装她以前从没有看见过；她能够回答许多艰难的问题，但是你得留心要问得恰好。至于她的语言能力，她固然有许多的教师，但是从她的表现来看，我很疑心她到底能不能知道每种语言里的二三句；至于她的刺绣和绘画，她固然曾经拿出过美丽的样张来，但是这些到底是出于什么人之手呢？

　　这些使我不得不说实话，要说实话，我必须追溯回去，告诉你们关于黑杖仙女的事情。

第三章　黑杖仙女的人品

　　在帕弗拉哥尼亚与鞑靼之间，住着一位神秘的人物，大家都称她为黑杖仙女，因为她手里常常拿一根乌木的魔杖；有时候她骑着这根魔杖往月亮里去，有时候为了正事或游玩而骑行到远地方去，总之，她曾经用这根魔杖制造了种种奇迹。

　　她年轻时候，曾由做术士的父亲教会了各种法术，她常常实践她的法术，或是骑在黑杖上从这一国飞到那一国，或是赐礼物给这个王子或那个王子。她收了许多王族做教子；把无数恶人变为野兽、禽鸟、石子、钟、木桶、鞋拔、雨伞或者其他很荒诞的形状。简言之，她是魔法界中最活跃、最喜欢管闲事的一个。

但是在黑杖仙女三千年来天天玩着这种把戏之后，我猜想她也渐渐觉得厌倦了。也许她偶然想道："我使这个公主睡了一百年①，在那个笨汉的鼻子上粘了一块黑布丁②令钻石和珍珠从这个小女孩的嘴里落下来，令毒蛇和蛤蟆从那个小女孩的嘴里落下来③，凡此一切，到底有什么意义呢？我现在觉得我所做的事有好也有坏。我最好还是停止使用我的法术，让各种东西都遵循自然的法则去吧。"

"我从前有两个年轻的教女，即萨维奥王的妻子和帕德拉公爵的妻子：我当时各给她们一件礼物，原想使她们在各自丈夫的眼里看来，觉得格外美丽，而恩爱到老。但是从现在看来，我的玫瑰和指环对这两个妇人究竟有什么好处呢？一点都没有。丈夫的宠爱和纵容，倒使她们变得任性、懒惰、虚荣和暴戾了。她们一天到晚抛媚眼，装出哭哭啼啼惹人怜爱的样子，自以为是无比的美丽，而实际上却是十分的年老和丑陋，真是不要脸的东西！我每次去探望她们，她们总是要求我照顾，因为她们知道凡是术士会的，我黑杖仙女都懂得。我只要把魔杖一挥，就能够将

①　见《鹅妈妈的故事》中的《睡美人》。
②　见《格林童话集》中的《鼻子》。
③　见《鹅妈妈的故事》中的《女王》。

她们变成猴子，将她们的金刚钻变成洋葱头！"因此她把所有的书籍都锁在橱柜里，立誓永不搬弄法术，至于她的黑杖，除了拿来当做走路用的手杖外，也不去用它了。

所以在帕德拉公爵夫人生儿子的时候，公爵在当时还只是鞑靼的重要贵族之一，黑杖仙女虽然曾被邀请去施洗礼，却没有到场，只差人去道贺，并给孩子一只银质的汤匙罢了。这汤匙总共值不到一两块钱。与此同时，帕弗拉哥尼亚的王后，也生了一个王子，都城中设盛宴、放响炮、张灯结彩，都祝贺这王子的诞生。据一般人的揣想，黑杖仙女既然答应做王子的教母，她至少得送他一件隐身衣、一匹飞马、一只百宝袋或其他名贵的纪念品；但是结果呢，和人们推测的完全相反，不管别人如何钦羡这个王子，如何祝贺他的父母，黑杖仙女跑到小孩吉格略的摇篮旁边，偏偏说道："我可怜的孩子，我所能赠给你的最好的礼物，便是一点点不幸！"吉格略的父母虽然感到不快，但也无可奈何。不久，他们相继去世，于是吉格略的叔父便篡取了王位，这件事我们在第一章里已经提到过了。

同样，在鞑靼国王卡沃费欧瑞替他的独生女露珊尔白举行洗礼时，黑杖仙女也曾被请到场，她所说的话，比之在吉格略王子受洗礼时，好不了多少。宫廷里所有的人虽都称羡这小孩子的美丽和祝贺她的父亲，可是黑杖仙女却面带愁容，站在婴孩的母亲身旁说道："我的好妇人——因为黑杖仙女是极随便的，在她看来，无所谓王后，无所谓丐妇——我的好妇人，这些跟从你的人，怕就是将来首先反对你的人；至于这个孩子，我所竭诚祝福她的，便是一些小小的不幸。"说了她用黑杖碰了碰露珊尔白，很严肃地望了望朝臣们，然后和王后握过了手，慢慢地腾空从窗子飘出去了。

朝臣们先前摄于她的威严，都默然不敢出声，一等她出去之后，便互相谈论起来。

"啊！她是一个多么讨厌，多么可恶的仙女！嘿，她去参加帕弗拉哥尼亚国王的洗礼，也是这么胡说八道；而结果呢——她的教子吉格略的王位，被他的叔父篡取了。我们难道能让我们可爱的公主的权利，也被敌人剥夺去么？不会的，不会的，不会的，不会的！"

于是众人就随声附和道："不会的，不会的，不会的！"

那么，我们倒要看看这些忠心的臣子，到底如何表示出他们的忠心呢？卡沃费欧瑞王的一个臣仆，就是方才我们所说到过的那个帕德拉公爵，反叛国王了，谁能平此战乱呢？

"谁敢反叛我们爱戴的伟大的国王！"朝臣们一致喊道，"谁敢反抗他？喔喔，他是无敌的，无法抵挡的。他将要捉到帕德拉，把他拴在一只骡子的尾巴上，拖着他游街，告诉大家，'这是伟大的卡沃费欧瑞惩治叛臣的方式。'"

　　国王亲自去征讨帕德拉了。可怜的王后，原是一个胆小多虑的人，一闻此事，吓得害起病来，不久就去世了。她临死时嘱托贵妇们要善待她可爱的露珊尔白。——当然，她们自然都说一定遵行王后的遗命；当然，她们甚至立誓，宁可自己身殉，也不能让公主遭遇到什么不测。起初鞑靼的《朝报》上说，国王征讨大胆的叛徒，取得了巨大的胜利；接着又宣称这无耻的帕德拉的军队，已经溃退了；然后又说王师所向无敌，歼除叛逆，指日可待；然后——然后真的新闻传到了，卡沃费欧瑞王已经被征服和枭首，最后的胜利是属于帕德拉国王！

　　这个新闻一传到，有一半的朝臣跑到新国王跟前去称臣道贺，还有一半取尽宫中宝物，逃得无影无踪；宫中只留下可怜的小露珊尔白一个人，仅仅一个人；她摇摇晃晃地从这个房间走到另一个房间，哭喊着：“伯爵夫人！公爵夫人！（实际上她只能说‘爸结夫银，公结夫银，’还不能很清晰、很正确地发音。）给我一盆羊肉汤，我肚子饿！爸结夫银！公结夫银！”

　　于是，她从起居室走进金銮殿，那里没有人；——她走进舞厅，那里没有人；——她走进仆役室，那里没有人；——然后她跑下石阶，走进大厅，那里还是没有人；她看见前门大开，就走进庭院，又走进花园，然后走入荒野，然后走入有野兽的树林，从此就没有人再听见她的消息了。

　　她的一片撕破的长袍和她的一只鞋子，后来从两只小狮子口里寻得，这两只狮子是帕德拉国王——他现在已经做了国王，是鞑靼的统治者了——和他的猎人们在树林中打来的。

　　"照此看来，这个可怜的小公主已经遭遇不幸了，"帕德拉说道，"哦，那就没有法子好想了。诸位，我们还是去吃午饭吧！"于是有一个朝臣拿起这只鞋子放在他的衣袋里。这便是露珊尔白的结局！

第四章　黑杖仙女不得参加安琪尔佳的洗礼

　　当安琪尔佳公主出生时，她的父母不但不请黑杖仙女来参加洗礼，并且吩咐他们的门房，如果她来访，务必赶她出去。这个门房的名字，便是格罗方纳。他之所以被主人选为门房，是因为他是一个身材魁梧的大汉，他能够对商人或不受欢迎的客人，粗暴地说一声"不在家"，而将这些人吓走。他就是我们方才看见过她肖像的那位伯爵夫人的丈夫，他们夫妻俩只要碰在一起，总是一天到晚相骂吵嘴。你们看，现在这个家伙又要逞凶了。有一天，安琪尔佳的父母，正坐在客厅里开着的窗子边闲眺，黑杖仙女要进来拜访他们。不料格罗方纳不但不去传话，而且摆出最粗鄙的表情，要把那扇门摔在女王的脸上！"滚，拿黑杖的！我告诉你，我们老爷太太叫我对你说都不在家。"他一面说，一面就要嘭地把门关上。

但是仙女用她的魔杖来阻止他关门。于是格罗方纳又愤愤地出来厉声喝道，"你不要做梦了，你就是整天站在这门廊，我也不放你进去！"

"好，好，你就自己去永远地站在这扇门上吧，"女王很严肃地说。格罗方纳跨出门来，叉着腿，放声大笑，"哈，哈，哈！好有趣啊！哈——哈——咦？让我走下来，——喔——喔——姆！"于是他变成哑巴了！

女王把她的魔杖一挥，格罗方纳忽觉两腿离地，沿大门摇摇直上，然后像钢针刺腹似的，他感到一阵剧痛，被钉在门上了；然后他的两臂飞起来托在头顶；他的脚经过了一次剧烈的绞扭，都缩在他的身体下了；他觉得渐渐寒冷起来，好似在变成金属一样，他只能说"喔——喔——姆！"，不能再说别的话，因为他已经哑了。

他已被变成金属了！他是用黄铜造的！他恰好是一个门环！在炽热的夏天，他被钉在那里，晒得发红发烫；在严寒的冬夜，他也被钉在那里，冷得他的黄铜鼻子下挂着冰柱。外面，

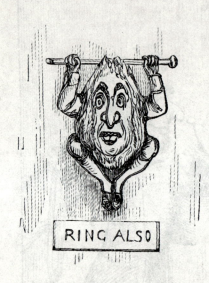

邮差跑来敲他；里面，身份卑微的童子跑来取信，将他拨起来碰在门上。那一晚，国王和王后（这时候他们还是王子和公主哩）散步回家，国王一见就说，"嘿，亲爱的！你看我们换了一个新门环。咦，这门环很像我们门房的面孔啊！那个酒糊涂不知怎么会变成这样？"此后女仆时常用砂纸来擦他的鼻子；当安琪尔佳公主的小妹妹出生时，他曾经被包在一只破旧的羊皮套子里；还有一夜，几个无赖少年，想将他拧下来，虽然没有成功，可是反复的拧扭，已够他受了。再后来，王后想起要换换门的颜色，油漆匠就用豆绿色的油漆在他的脸上满嘴巴满眼地乱刷，几乎闷得他死去活来。我敢说，他现在肯定十分后悔以前对黑杖仙女无礼了！

至于他的妻子，也并不十分想念他；又因为他常常在酒店里喝酒，和他的妻子高声相骂，以及拖欠商人债务，所以大家都以为他为了躲避种种不满，而私自潜逃到澳洲或美洲去了。等到王子和公主登基为国王和王后时，他们便离开这所屋子，从此就没有人再想到这个门房了。

第五章　安琪尔佳公主收用一个小侍女

———

有一天，当安琪尔佳公主还完全是一个小女孩的时候，她同她的保姆格罗方纳夫人在宫殿花园中散步，格罗方纳夫人替她张了一顶小伞，以防太阳晒黑她娇嫩的面容，安琪尔佳正拿着一个圆形的小面包，喂池中的天鹅和鸭子。

她们还未走到鸭池边，忽然摇摇晃晃地走来了一个有趣的小女孩！她胖乎乎的脸蛋儿两旁披着很多散发，看去好像已经很久没梳洗了。她穿着一件很破旧的衣服，脚上只穿了一只鞋子。

"你这个小叫花，谁让你进来的？"格罗方纳夫人问。

"给我那个面包，"小姑娘说，"我肚子饿。"

"饿！什么是饿？"安琪尔佳公主一面问，一面将面包递给小姑娘。

"喔，公主！"格罗方纳夫人说道，"你是多么仁慈，多么和善啊，你真是一个天使！陛下，"她看见国王和王后正同他们的侄子一起走过来，便说道，"公主是多么和善啊！她在花园里看见了这个肮脏的小叫花子——我不知道她怎么会跑到这儿来，那些守卫为什么不在门边打死她！——我们可爱的小公主就将她的整个面包都送给她了！"

"我本来就不想吃的，"安琪尔佳说。

"但是你仍然是一个可爱的天使，"女教师说。

"是啊，我自己也知道，"安琪尔佳说，"肮脏的小姑娘啊，你认为，我长得美丽吗？"当然咯，她身上穿着最漂亮的衣服，她头上戴着最漂亮的帽子；而她的头发又卷曲得非常匀整，看上去真是美丽极了。

"喔，喔！"小姑娘轻快地跳来跳去，笑着嚼着她的面包，并且一面吃一面唱道："喜欢，喜欢，我有面包圆圆！我愿，我愿，一年四季吃不完！"安琪尔佳、吉格略以及国王王后听了，都哈哈大笑。

"我不但会唱歌，还会跳舞，"小姑娘说，"我会唱歌，我会跳舞，什么事我都会做。"她跑到一个花台边，采了几朵水仙、杜鹃花和其他的鲜花，做成一个花冠，在国王和王后的面前，有趣地娇美地跳起舞来，使每个人都很欢喜。

"你的母亲是谁——你的亲戚是谁，小姑娘？"王后说。

小姑娘回答道："小狮子是我的哥哥，大狮子是我的妈妈！别的人我就不知道了。"她穿着一只鞋轻快地跳着，每个人见了都非常快乐。

"那你叫什么名字？"安琪尔佳问。

"不……不……"

"布？我看你就叫铂星达吧！"安琪尔佳高兴地说。

安琪尔佳随即转身对王后说道："妈妈，昨天我的鹦鹉从笼子里飞走了，我的玩具也玩厌了，我想这个有趣的小姑娘，倒可以让我寻寻开心。我要同她回去，把我的旧衣服给她穿。"

"喔，慷慨大方的小宝贝！"格罗方纳夫人说。

"那些衣服我已经穿过好多次，已经穿腻了"安琪尔佳接着说；"她将做我的小侍女。你愿意跟我回去吗，脏孩儿？"

小姑娘拍拍手，说："和你回去——好耶！仁慈的公主！让我吃好吃的，穿新衣服！"

于是大家又都笑了，把小姑娘带回宫中，替她梳洗整齐，给她一套公主穿过的衣服。她看起来差不多和安琪尔佳一样美丽了。不过安琪尔佳却并不是这样想：因为这位小姐从不曾想到过世界上还会有别的人和她自己一样漂亮，一样出色，一样地聪明。为使这小姑娘不会变得太傲慢、太自负，格罗方纳夫人把她的破衣服和一只鞋子收拾了放在一个玻璃箱子里，上面放一张卡纸，写着"当仁慈的安琪尔佳公主收留铂星达时，这个迷途的小姑娘就穿着这些破烂的衣服"。下面又记着年月，然后将箱子锁上了。

没多久，小铂星达就变成公主最喜欢的人，她跳舞、唱歌，作了好几首儿歌来使公主开心。但是后来公主得着一只猴子，再后来又得着一只狗，再后来又得着一个洋娃娃，她便不再喜欢铂星达了，因此铂星达变得非常孤独和寂寞，不再唱有趣的歌，因为没有人要来听。后来她渐渐长大，就做了公主的一个小侍女；虽然她没有报酬，可是她做事很勤勉，每天替安琪尔佳梳头发，受了嘲骂，永不动怒，并且常常要讨她小主人的欢喜，每天一早就起身，很晚才睡觉，只要主人一喊，就立刻跑来伺候，她已变成一个老练的小丫环了。这两个小姑娘就是这样长大起来。当公主出去时，铂星达从不会等得厌倦；她替公主做新衣服，做得比最高明的裁缝还好，总之，公主不论做什么事都用得着她。又当公主学习的时候，铂星达总是坐着看他们，借此她也学得了许多的学问；安琪尔佳有时候还要打打呵欠，或想起下次舞会的情形，而铂星达却总是振作精神，一心一意地听着聪明教师的讲授。舞蹈教师来了，铂星达和安琪尔佳一同学习；音乐教师来了，她望着他，当安琪尔佳赴舞会或宴会去时，她就细心地练习公主所学的歌；图画教师来了，她记着他所说的话，所用的笔法；同样的，对于法语、意大利语和其他各国的语言，她也是从教安琪尔佳的教师那儿学来的。当公主每次晚上出去时，她总是说："我的好铂星达，你把我刚开始做的功课做完吧。""是，小姐，"铂星达这样说着，很快活地坐下来，没有从安琪尔佳做过的地方接着做下去，而是全部重做了一遍。

我们不妨来举一个简单的例子，譬如公主要画一个战士的半身肖像，她开始画时，是这么一个模样——但是到画成之后，这战士就变成这样了——（也许比这个还要好些）然后公主在画

上写下她的名字；于是朝臣，国王和王后，特别是可怜的吉格略，都十二分地称羡这张画，他们说，"世界上曾有像安琪尔佳这样的天才吗？"安琪尔佳也认为这些是她自己亲手做的，所以她坦然地接受朝中百官的赞赏，好像他们的话是真的一样。她想，全世界没有一个能够比得上她的小姑娘，全世界没有一个足以匹配她的少年郎君。至于铂星达呢，她既不曾听见过这种赞赏，别人也不容许她自负，她是一个最天真、最善良的女孩，她只渴望着让她的小主人快乐。现在你总可明白，安琪尔佳是有自己的缺点的，决不像人们所推誉的那样是一个惊人的天才。

第六章 吉格略王子的品学

现在我们要说到那位帕弗拉哥尼亚国王的侄子吉格略王子了。我早在前面说过，他只要有一套漂亮的衣服穿，一匹驯良的骏马骑，袋子里有钱，或者说从袋里拿得出钱，我们的小王子就并不在意失去他的王冠权杖。他是一个浑浑噩噩的少年，不大留心政治或什么学问。他的教师倒可以坐领一笔薪水。吉格略不学古典作品，也不学算术，帕弗拉哥尼亚的司法总长斯贵累托梭，见了他总是愁眉蹙额，因为这位王子从不肯学帕弗拉哥尼亚的法典；但是，在另一方面，国王的猎场看守和猎人们，却认为王子

是一个伶俐的学生；舞蹈老师说，他是一个最优雅，最勤勉的学生；管台球室的大臣见了人总夸奖王子绝妙的球技；网球场的执事也是如此；作为剑术教师，那位勇敢的老练的古塔索夫海特查夫，也说过，自从他和鞑靼的大将，就是那可怕的格伦波斯金交手以来，从没有遇见过像吉格略王子这样娴熟的剑手。

请你们不要以为，他们在宫殿花园里一起散步时，吉格略出于礼貌吻了安琪尔佳的手，是不得体的行为。第一，他们是堂兄妹；第二，王后也在园中散步，因为她凑巧坐在那株老树后

面，所以不能够看见她。她很希望安琪尔佳和吉格略将来能结为夫妇；吉格略也是这样想；安琪尔佳有时候也有这样的心思，因为她认为她的堂兄非常英俊、勇敢而忠厚。但是，你得知道，公主十分聪明和博学，而可怜的吉格略却是一无所知，甚至连话也不会讲。当他们仰看群星时，吉格略对于天体知道些什么呢？有

一次，在一个美好的夜晚，他们同站在阳台上，安琪尔佳说，
"那个就是大熊啊。""在哪里？"吉格略说，"你不要怕，安
琪尔佳！就是有一百只大熊来，我也能够杀死它们，不会让它们
伤害你的。""喔，你这笨家伙！"她说，"你做人很和气，但
是真不聪明。"当他们看着花时，吉格略对植物学又完全是外
行，从不曾听过林奈①这个人。当蝴蝶飞过时，吉格对它们一点
都不知道，他对动物学的蒙昧，正如作者对代数学一样。所以，
安琪尔佳虽然很喜欢吉格略，但是由于他的无知，也很看不起
他。我想她是太看重她自己的学问了；不过夸己之长，是老老少
少男男女女所有人的共同缺点。总之，在没有其他人的时候，安
琪尔佳是极喜欢她的堂兄的。

　　瓦拉罗索国王的身体很衰弱，他的胃口又不好，所以最喜
欢吃美味的小菜（他的小菜是由一个名叫马尔米顿的法国厨子烧
的），所以人们猜测他活不久了。现在国王已有将安琪尔佳许
配给吉格略的意思，这事使那狡猾的首相和那阴险的老宫女很
担心。格伦布索和伯爵夫人想，"吉格略王子假使娶她的堂妹
而登上王位，那么我们的处境将变得糟糕，我们是他所不喜欢
的，并且曾经屡次苛待他，我们将会立刻失去我们的职位"。

① 卡尔·冯·林奈，18世纪瑞典博物学家，现代生物学分类命名的奠
基人。

不仅如此，格罗方纳夫人还不得不抛弃前王后——吉格略母亲所留下来的所有宝石、蕾丝、鼻烟盒、指环和金表等珠宝；而格伦布索也将被迫归还自己侵吞的，由吉格略王子的可怜的父亲所留下来的270987439英镑13先令6个半便士。

因此这位贵妇和首相很恨吉格略，为的是他们曾经错待了他；于是这两个刁滑的人，就编造出上百个可怜的吉格略的残忍的故事，去挑拨国王、王后，还有安琪尔佳去反对他；他们说吉格略是如何愚昧，他连最常见的字也不会写，他把瓦拉罗索写成了"瓦拉罗素"，安琪尔佳却写成了"安琪尔住"；他们又说吉格略如何地在吃饭时喝很多酒，如何地总是和仆人在马厩旁无所事事地闲荡；他们又说吉格略如何欠了糕饼店和杂货店许多钱；他如何时常去教堂里睡觉；他如何喜欢与仆人玩纸牌。但是王后也喜欢玩纸牌；国王也常在教堂里睡觉，并且喜欢吃吃喝喝；如果说吉格因吃糕饼而欠债，那么我倒要问问看，谁欠了他270987439英镑13先令6个半便士呢？所以在我看来，说人坏话编造谣言的人，最好先要想想自己有没有这种缺点。这些毁谤和污蔑，对安琪尔佳产生了影响，她渐渐地对她的堂兄冷淡起来，起初是取笑他，讥讽他太愚笨，后来又鄙薄他与仆人为伍；在舞会或宴会上时，她总是极不友好地对待他，因此可怜的吉格略忧郁得生起病来，卧床不起，请医生来诊治。

　　正如我们已经知道的，瓦拉罗索王不喜欢他的侄子，有其自身的原因；如果有天真的读者要问为什么不喜欢呢？——那么请他们读一读莎士比亚的文章①，里面讲述了约翰王为什么不喜

---

① 《约翰王》是莎士比亚的一部英国历史剧，剧中记述了约翰王篡权后迫害合法继承人亚瑟王子的故事。

欢亚瑟王子。至于王后，吉格略尊贵却没头脑的叔母，当吉格略不在她跟前时，她也就忘记了他。当在玩纸牌和参加晚会的时候，她本来就什么事都不放在心上的。

我敢说那两个不用指明大家都知道的恶奴，很希望太医派奥拉笃痛快地将吉格略治死，但是太医只给吉格略放了几次血，吃了几副泻药，让王子待在房里好几个月，身上瘦得和干柴一样。

当他正这样卧病在床的时候，帕弗拉哥尼亚朝中来了一个有名的画家，他的名字叫托马索·洛伦佐，是帕弗拉哥尼亚的邻国鞑靼国的画师。洛伦佐替朝中的人都画了肖像，大家都很赞赏他的作品；因为在他的画像里就是格罗方纳伯爵夫人看去上也很年轻，格伦布索看上去很和蔼了。"他极会诌媚的。"有些人说。"哪里？"安琪尔佳道："我是不受人诌媚的，我认为他给我画的像，画得不大美丽呢。我不忍听见一个有天才的人被人凭空地污蔑，真希望爸爸赐给他一个佩黄瓜勋章的骑士爵位。"

虽然全国人民都相信安琪尔佳公主画画很好，可以不用再从师学习，然而她还是请洛伦佐做老师。只要她在洛伦佐美术室里画画，她就能画出非常美丽的作品！但是，在这些图中，有几幅是从《美女画集》上翻印下来的；有几幅是出高价在慈善义卖上买来的。她毫不怀疑地在图下签上自己的名字，但是我知道这些图是谁画的——就是那位大画家，他不只是教安琪尔佳学画画，还要了别的把戏。

有一天，洛伦佐给公主看一个身穿盔甲的少年的肖像，只见他头发秀美，眉眼动人，表情忧郁而又有趣。

"亲爱的洛伦佐先生，这人是谁？"公主问道。"我不曾看见过这样漂亮的人，"格罗方纳那个老太婆说。

"那个，"大画家说，"那个，小姐，是我尊贵的小主人的肖像，他的名字叫布尔波，他是鞑靼的太子，阿克洛塞劳尼的公爵，普勒夫洛波的侯爵，并且授有南瓜大十字勋章。在他雄壮的胸前闪烁的，便是那个南瓜勋章，这是他尊严的父王帕德拉一世为表彰他在林邦巴孟托战斗中的勇敢而赐给他的，他在那时候亲手杀死阿格雷利亚的国王，以及担任国王卫兵的218个巨人中

的211个。其余的巨人在一次激烈的混战中，被勇敢的鞑靼军队所歼灭，但是这一战也让鞑靼损失不少。"

"好厉害的王子！"安琪尔佳想："这样勇敢——这样漂亮——这样年轻——好个英雄！"

"他是又勇敢，又有作为。"大画家继续道，"他精通各国语言，会唱悦耳的歌，会弹奏各种各样的乐器，他又会创作歌剧，这些歌剧曾经在鞑靼的皇家戏院里演过上千夜，他又会在国王和王后的面前跳芭蕾；他表演时真是漂亮啊，他的表妹，塞喀细亚的公主，竟为爱他而死。"

"为什么他没有娶那个可怜的公主呢？"安琪尔佳叹了口气问道。

"因为他们是直系表兄妹，所以教士反对这种结合，"画家说，“并且王子的心不在她身上。”

“那么他中意了谁呢？”公主问。

“我不能够说出那个公主的名字，”画家回答道。

“但是你可以告诉我，她名字里的第一个字母是什么，”公主喘着气说。

“请公主猜猜，”洛伦佐说。

“以Z开头吗？”安琪尔佳问道。

大画家说不是Z；于是她说Y；然后X、W，按照字母表顺序从后往前不停地猜。

当她说到D，也不是D时，她变得兴奋；当她猜C也不对时，她更紧张了；然后她说B，但也不是B。“喔，亲爱的格罗方纳夫人，”她说，“把你的鼻烟瓶借给我！”她把头埋在格罗方纳夫人的肩上，很轻柔地说，“啊，先生，是A么？”

“正是，不过我受了主人的命，不能把公主的名字告诉你。那个公主，他真爱得神魂颠倒，差不多要发狂呢，我可以把她的肖像给你看，”那个狡猾的家伙说道。他领着公主走到一个镀金的画框边，揭开了框前的帘幕。

喔，天啊！照框里是一面镜子，安琪尔佳看见了她自己的脸！

第七章　吉格略和安琪尔佳的争吵

　　鞑靼国王的宫廷画家回去时，带了许多在帕弗拉哥尼亚的都城布龙波丁加所画成的作品；但是其中最漂亮的一幅，便是安琪尔佳的肖像，鞑靼的一切贵人，没有一个不来瞻仰一下；国王看见这幅画，喜欢得不得了，授予画家六等南瓜勋章，因此这位艺术家就变成托马索·洛伦佐爵士了。

　　瓦拉罗索王也曾将黄瓜勋章授予洛伦佐，此外还有一笔丰盛的礼金，因为他在布龙波丁加时，曾经替国王、王后和朝中主要的贵族们画过肖像，他的画很流行，帕弗拉哥尼亚国中所有艺术家几乎全都模仿他，国王常常指着洛伦佐留下的布尔波王子的肖像说，"你们中谁能够画出这样的一幅肖像来呢？"

这幅画像挂在起居室的餐具柜上边，安琪尔佳公主坐着煎茶时，便常常望着它。画像里的人似乎每天变得越来越英俊，而公主也越发喜欢望着它，她常常把茶泼翻在桌布上，于是她的父母互相使眼色，摇摇头，私下说道："啊！我们早就明白了。"

在同时，可怜的吉格略病倒在楼上的卧房里，很是厉害，虽然他已经像一个小孩子似地吃了医生所开的难吃的药；小朋友们，我想你们生了病，你们的妈妈请医生来替你们开方，叫你们吃药的时候，大约也是这样吧！再说，来看望吉格略的唯一的人（除了他的好友卫队队长，他几乎终日忙着，常常接受检阅，实在没空），便是铂星达那个小侍女，她时常来替他打扫卧房客室，又替他送来早餐和温暖的被褥。

小侍女每天早晚来看望他的时候，吉格略王子老是这么说："铂星达，铂星达，安琪尔佳公主安好么？"

铂星达也老是这么回答道："公主很安好，谢谢你，我的主人。"于是吉格略就叹了一口长气，想道：要是安琪尔佳生了病，恐怕他自己的病会更厉害了。

接着，吉格略又要这么说："铂星达，今天安琪尔佳公主问起我么？"于是铂星达总回答道："没有，我的主人，她今天没有问起你。"或是，"我今天看见她正忙着练习钢琴。"或是，"她正在写今晚宴会的邀请函，没有和我讲过话。"或是编了些其他的借口，从不肯确切地说出真实情况，因为铂星达是一个非常仁爱的人。她总是努力想出话头来不让吉格略王子烦恼，铂星达从厨房端来些东西给他吃，他在吃果酱和烤鸡时，铂星达会说："公主为了你，亲手做了这个果酱和烤鸡呢。"

吉格略听了，就精神焕发，立刻开怀不少；一边从心里感谢他的安琪尔佳，一边狼吞虎咽地吃下所有的果酱，鸡的腿骨、胸骨、髀骨、背脊、屁股等所有的一点不剩。第二天他觉得好多了，便穿好衣服，走下楼来，踱到客室里去，他所欲遇见的除了安琪尔佳还有谁呢？一切椅子上的坐垫都被撤去了，灯盏从封袋中取出，绣花的帷幕高高拉起，一切杂碎细软都收拾干净，精美的来宾簿放在桌子上。安琪尔佳的头发上满戴纸花：总之，那里显然是要举行一个盛会了。

"怎么啊，吉格略！"安琪尔佳喊道，"你穿着这样的一套衣服跑到这里来！成什么体统！"

"啊，亲爱的安琪尔佳，我下楼来了，今天我觉得好了许多，谢谢你的鸡和果酱。"

"什么鸡和果酱？你怎么突然提起它们？"安琪尔佳说。

"咦，你不曾——不曾拿来送给我么，亲爱的安琪尔佳？"吉格略说。

"是你送的，安琪尔佳，我亲爱的！"她模仿着吉格略的样子说。

"不！吉格略，我亲爱的！"她嘲笑地说，"我正忙着收拾屋子，准备欢迎鞑靼的王子殿下，他将要到我爸爸的朝中来访问呢。"

"王子——鞑靼国王的王子！"吉格略吃惊地说。

"是啊，鞑靼国的王子，"安琪尔佳带着嘲笑的口气说，"我敢说你从没有听过这样一个国家。你听见过什么呢？你根本不知道鞑靼到底是在红海还是在黑海。"

"不，我知道，它是在红海。"吉格略说道，公主听见了忍不住破声大笑，她说，"喔，你这笨蛋！你这样的草包，真不适合去交际！你除了马和狗什么也不知道，你只适合与我父王那些最迟钝的龙骑兵一起吃饭。不要这样吃惊地望着我。先生，去穿上你最好的衣服来迎接王子，让我把这间客室收拾收拾吧。"

吉格略道，"喔，安琪尔佳，安琪尔佳，我万想不到你是这种态度。那时你不是这么对我说话的，当时我们在花园里，你给了我这个指环，我也把我的给了你，并且你又让我亲……"

但"亲"什么呢，我们将永不会知道了，因为安琪尔佳盛怒地喝道，"滚蛋，你这个无理的野蛮东西！你怎么敢向我提起你无理的举动？至于你这个区区值一两个铜子的指环，在这儿哦，先生，在这儿哦！"说着她把它扔出窗外。

"这是我母亲的结婚指环啊，"吉格略着急地说。

"我不管这是谁的结婚指环，"安琪尔佳嚷道，"去娶那个拾这指环的人吧，如果她是女人的话。你不能够娶我，把我的指环还给我。我没有耐心与夸耀自己送的东西的人为伍！我知道谁将给我比你所曾给我的更好的东西。一个穷相十足的指环，最多不过5先令！"

安琪尔佳不知道吉格略所给她的指环，乃是一个有魔力的指环：要是一个男子戴了，就会使所有的女子都钟情于他；要是一个女子戴了，就会使所有的男子都向她求爱。王后，吉格略的母亲，是一个相貌平平的人，她一戴了这个指环，就博得人们的无限惊羡，她生了病，就会使她的丈夫忧虑得发狂。但是当她把她的小吉格略叫来，把指环套在他的手指上时，萨维奥国王就似乎不再那么在乎他的妻子，而把爱转移至小吉格略了。因此只要他戴着这个指环，就会永远受每个人的宠爱；但是当时他究竟还是一个小孩子，不懂什么事，把它给了安琪尔佳，于是人们就去宠爱和钦羡她了；而吉格略仅仅居于次位吧。

"是的，"安琪尔佳蒙昧而忘恩地说，"我知道谁将给我比你的穷酸的无聊的东西更好的东西。"

"很好，小姐！你也将你的指环拿回去！"吉格略说，他的眼睛对她闪出火星，然后，他的眼睛像突然睁开似地，高声嚷道，"哈！这算什么！这就是我曾经竭尽我的生命来爱慕的女子么？我曾经这样的愚笨，会向你这个家伙用情？啊——的确——不错——你是一个小骗子！"

"喔，你这个坏蛋！"安琪尔佳喊道。

"凭良心说，你——你是个斗鸡眼。"

"什么！"安琪尔佳嚷道。

"你的头发是红的——你的脸皮上满是包——还有什么？你有三颗假齿——两只脚一长一短！"

"你这个畜生，你这个畜生，你！"安琪尔佳骂道。她一只手夺回那个指环，一只手向吉格略的脸上打了三个耳光。要不是他大声地狂笑和呼喊，她简直要把他头上的头发都扯掉。

"唉，安琪尔佳，不要扯我的头发，会疼的！我看你自己的头发，不用剪刀和使劲拉扯，就可以除去许多。呵呵呵！哈哈哈！嘻嘻嘻！"

他几乎笑得喘不过气，而她则几乎气愤得喘不过气；适时那个侍官长根巴培拉公爵，穿着朝服，弯着腰，跑进来说道，"王子、公主殿下！陛下他们请你们到金銮殿去，他们在那里等待鞑靼王子的驾临。"

第八章　格罗方纳拾指环，布尔波王子来朝

布尔波王子的驾临，使所有的朝臣都忙乱起来：每个人奉令穿上他或她最好的外衣；仆役们穿着他们美丽的制服；首相戴着他的新假发；卫兵穿着他们最新的军装；而格罗方纳伯爵夫人，你自然可以想到，也乐于趁此机会，用她最精美的服饰来掩盖她的老态。她正走过宫殿的庭心，想去伺候国王和王后，忽见在台阶上有闪光的东西，就吩咐那个曳着她长裙的小厮，拾起在那边闪耀的东西。那小厮本是个丑陋的小家伙，穿着用上一个门丁的旧衣裳改成的制服，非常紧窄；然而当他拾

起了指环（那个东西正是安琪尔佳扔掉的指环），递给他的主人的时候，她认为他看起来像一个丘比特小爱神。她接来一看，只是个毫不足贵的小指环，并且戴在她哪个指节上都嫌太小，所以她就把它放进了衣袋。

"喔，太太！"小厮望着她说，"你今天看上去很美丽，太太！"

"你也很漂亮，贾克。"她这样说道。可是往下向他一望——不，他全然不再漂亮——还是早上那个赤发的小贾克罢了。然而，赞美之词，即使是最丑陋的成人或童子所说的，也一样地会受人欢迎，所以格罗方纳还是吩咐这小厮曳起了她的长裙，很快活地走着。卫兵特别尊敬地向她行礼。大将海特查夫在待客室里说："我亲爱的太太，你今天看去像一个天使。"格罗方纳弯着腰，佯笑地跑进金銮殿，站在国王和王后的后边。那时候，他们正等着鞑靼国的王子。安琪尔佳公主坐在他们的脚边，而在国王的椅子背后，站着吉格略王子，露出一副极凶悍的神情。

鞑靼王子进来了，由他的御前大臣斯莱波资陪伴着，后面又跟着一个黑奴，捧着你从未见过的最美丽的王冠！他穿着旅行的服装，头发略微有些散乱。"我吃过早饭后，赶了三百多里路，"他说，"我是这样地渴望，要瞻仰瞻仰帕弗拉哥尼亚的

公——宫廷和伟大的王族，所以我一分钟都等不及，马不停蹄地
赶到御前。"

　　吉格略从御座背后，发出了一阵轻蔑的狂笑；但是由于现

粗鲁王子布尔波殿下驾到

场很忙乱，所有在座的人，并没有觉察到这个小小的骚动。"殿下不论穿着什么衣服，我们都很欢迎，"国王说，"格伦布索，给殿下安排个位置。"

"殿下穿的任何衣服，都是精美的礼服，"安琪尔佳公主笑着说。

"啊！但是你得看看我别的衣服，"王子说，"我本当把它们穿上，不料那个愚笨的仆从，竟没有把它们带来。是谁在笑？"

是吉格略在笑。"是我，"他说，"因为，你刚才说急于要瞻仰公主，所以等不及换衣服了；而现在你却又说，你穿这套衣服是因为没有带别的衣服来。"

"你是谁啊？"布尔波王子厉声地说。

"我的父亲是这个国家的国王，我是他的独生子，王子！"吉格略也用同样高傲的声气回答道。

"啊！"国王和格伦布索看起来很慌张；但是国王定了定心说，"亲爱的布尔波王子，我忘记把我的侄子介绍给殿下了，他是吉格略王子殿下！你们互相认识认识！握握手！吉格略，向殿下伸出你的手来！"于是吉格略伸出他的手来，紧握住可怜的布尔波的手，直到他的眼眶中滚下泪来。这时格伦布索给这位尊贵的客人，拿来一张椅子，放在国王、王后和王子所坐的台上；但是那张椅子靠近台边，所以当布尔波坐下去时，椅子倒了，他也跟着摔倒，在地上滚了几个圈，像牛一样地大叫。吉格略见了这乱子，咆哮得更响，不过那是一种嘲笑，当布尔波王子起身的时候，全朝的人也都笑了起来；当他刚进来时，还没出现什么可笑的地方，但是当他摔在地上，过了好一会儿才能立起身来时，他看去便显得十分无知与愚笨了，所以谁也禁不住要笑他。当他走进了殿内时，大家都看见他手里拿着一朵玫瑰花，不料这花在他摔倒的时候掉了。

"我的玫瑰！我的玫瑰！"布尔波喊道。于是他的御前大臣上前把它拾起来，交给王子，王子接过来就塞在他的衣袋里。这时大家全然不明白他们方才为什么要笑，在他身上并没有特别好笑的地方。他是短小而精悍，红色的头发，看去很美丽，的确配当一个王子。

于是他们就坐下来谈话，王族的人在一起，鞑靼的官员和帕弗拉哥尼亚的官员在一起——吉格略则很舒适地和格罗方纳坐在御座的后边。他很温柔地望着她，使她心里有点飘飘然，"喔，亲爱的王子，"她说，"你怎么可以当着陛下的面说傲慢的话呢？老实告诉你，我当时听了，真替你担心得要昏过去呢。"

"那我一定要把你抱在我的怀里，"吉格略狂喜地说。

"你对布尔波为什么这样的苛刻呢，亲爱的王子？"格罗方纳说。

"因为我恨他，"吉格略道。

"你是嫉妒他，你始终爱着可怜的安琪尔佳，"格罗方纳用她的手帕擦拭她的眼睛，带着哭腔说。

"我从前确然爱过她，但是我现在不爱她了！"吉格略说道。"我鄙夷她，就是她继承了两万个王位，我也鄙夷她，轻蔑她。为什么要提到王位？我已失去了自己的。我的力量太薄弱，不能够把它重新夺回来——我很孤独，我没有朋友。"

"喔，不要这样说，亲爱的王子！"格罗方纳道。

"并且，"他说，"我倒乐于退居下位，就算给我一个统治世界的王位，我也不肯改变我的现状！"

"你们两个人在聊些什么？"王后说，她的性情很和善，但不十分聪明。"是换衣服去用餐的时候了。吉格略，你领布尔波王子到他的卧室里去。王子，要是你的衣服还没有到，那么就穿着这套衣服，我们也是非常地欢迎你。"但是当布尔波王子走进他的卧室，只见他的行李还放在那里没有打开；理发师进来，根据他的喜好替他剪啊，烫啊，忙个不停；自从午餐的钟声响起，一直到布尔波出来，他们足足等了25分钟，在这期间，国王等得很不耐烦，愤懑极了。至于吉格略呢，他一直

和格罗方纳太太待在一起，与她站在一扇窗子前，称赞她。后来，负责卧室的仆人就去通知鞑靼的王子殿下！于是那伙贵人们才走进餐室里去。这是一个很小的宴会，只有国王和王后，布尔波所倾心的那个公主，两个王子，格罗方纳伯爵夫人，首相格伦布索以及布尔波王子的御前大臣。你自然可以想到，他们吃的是一席很好的菜——让每一个男孩或女孩先来想想他或她最喜欢吃的东西，然后再想那些就是桌子上所放的菜。①

公主在席间不停地和鞑靼王子说话，然而他却只顾狼吞虎咽，从不曾把他的眼睛离开碗碟，只有当吉格略切鹅肉的时候，许多肉屑和洋葱汁溅到他的一只碗里，才向旁边望了一望。吉格略看见鞑靼王子用他的香手帕来揩他的衬衫和面孔时，只是扑哧地一笑。他并不向布尔波王子道歉。有时候王子望着他，吉格略

---

① 这里可以做一个有趣的游戏，叫所有的孩子说出他们每人最喜欢吃的菜来。

就掉头看向别处。当布尔波王子说，"吉格略王子，我来敬你一杯酒吧？"吉格略也不回答。他的所有谈话，所有视线，全都集中在格罗方纳伯爵夫人一个人身上，读者总可想到，她被吉格略所垂青，是多么欢快啊——这个好虚荣的老家伙！当他不在赞美她时，他便开布尔波王子的玩笑，格罗方纳见他讲得太大声，便常常用她的扇子来拍他，说道：

　　"喔，你这个爱讽刺人的王子！布尔波王子要听见你的话了！"

　　"嗯，那我可不管，"吉格略更高声地说。

　　幸亏国王和王后没有听见。因为王后有点耳聋，而国王正留心着他自己的饭菜，并且他吃起来像妖精似地发出可怕的噪声，所以什么也没有听见。吃过了午餐，国王和王后便躺在靠椅里睡觉。

　　吉格略开始捉弄布尔波王子了，他用波特酒、雪利酒、马德拉白葡萄酒、香槟酒、樱桃白兰地和麦酒等各式各样的酒来灌布尔波王子，布尔波也不推辞，接来一饮而尽。不过当吉格略向他的客人劝酒时，他自己也不得不陪着喝，并且，真不争气，他又喝得太多，因此这两个少年在餐后与那些贵妇们在一起时吵吵闹闹，做出许多愚笨的事来；他们为了那些鲁莽行为是要受报应的，现在，我亲爱的孩子们，你们将要听到了！

　　布尔波跑过去坐在钢琴旁边，安琪尔佳正在那里弹琴唱歌，他也唱，但是他唱跑了调，他把下人拿来的咖啡打翻，他无缘无故地狂笑、胡说八道，接着便倒头熟睡，发出可怕的鼾声。哼，这讨厌的猪！但是当他直躺在这粉红色的绸缎沙发上，安琪尔佳却仍认为他是最美丽的人呢。毫无疑问，这是因为布尔波所戴的有魔力的玫瑰，使安琪尔佳对他着迷；但是痴迷于一个笨蛋的少女，她是第一个么？

　　吉格略跑去坐在格罗方纳身旁，看着她的干瘪的老脸，时时刻刻都觉得更加美丽。他对她说出最过分的赞誉——从没有一个人如她这般可爱。比他年纪大得多么？哪里的话！他一定要娶她；他不要别的，只要她！

　　嫁给王位的继承者！这是一个好机会呢！这奸猾的丑妇真的拿来一张纸条，在上面写着："帕弗拉哥尼亚国王萨维奥的独生子吉格略，今承诺娶已故的詹金斯·格罗方纳先生的寡妇，迷人而高洁的巴巴拉·格立塞尔达·格罗方纳伯爵夫人为妻，特立此存证。"

　　"你写什么呢？迷人的格罗！"吉格略说，那时候他正横卧在写字台旁边的沙发上。

　　"只是一个手谕，请你签个字，亲爱的王子，因为在这个冷天，要布施些煤炭和毛毯给穷人。你看！国王和王后都已安睡，所以殿下你下个手谕就行了。"

　　格罗方纳深知吉格略是极好说话的，果然，他立刻在纸条上签了字；当她把纸条塞进衣袋，你可以想到她是何等神气啊，她现在是帕弗拉哥尼亚的真正的国王的妻子了！她不愿去对格伦布索说明，她认为他是一只禽兽，因为他夺去了她的亲爱的丈夫的王冠！当烛火点亮的时候，她替王后和公主脱好衣服，就跑进自己的卧室，在一张纸条上练习着写："格立塞尔达·帕弗拉哥尼亚"、"巴巴拉·利及那"、"格立塞尔达·巴巴拉，帕夫利及"，我不知道当她将真做了王后之后，还有什么别的签名呢！

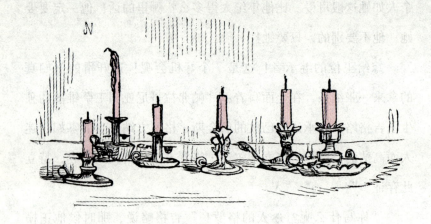

第九章　铂星达的暖被炉

——

　　小铂星达跑进来替格罗方纳梳理头发，这位伯爵夫人非常地喜悦，说也奇怪，她竟称赞起铂星达来了。"铂星达！"她说道，"你今天把我的头发梳得很好，我送你一件小礼物。这里是5个银——不，是一个美丽的小指环，是我拾来的，已经有好些时候了。"说着她就把在庭心中拾来的指环，给了铂星达。铂星达戴在手上，刚刚好。

　　"这好像是公主过去常常戴的那个指环，"小姑娘说。

　　"不是的，"格罗方纳说，"我已经有它好久了。来，来替我把被头盖盖；今夜天气很冷，大雪正从窗子飘进来，你去替吉格略王子温温被褥，像个好女孩，你回来后把我的绿绸裁开，替我缝一顶早晨戴的小帽，缝好了再把我丝袜上的洞补好，补好了你就去睡吧，铂星达。记住，我要在早上5点时喝早茶。"

"我想，我最好去替两位小少爷都温温被褥，太太。"铂星达说。格罗方纳回答说，"噢噢呼！——格劳高呼！——杭呼！"实际上，她已经熟睡在打鼾了。

她的卧室，挨着国王和王后的卧室，而公主的卧室则紧靠国王与王后的卧室。因此可爱的铂星达就跑到厨房里去拿煤块，装在御用的暖被炉里。

她是个非常和善、活泼、有礼、可爱的姑娘，但是今晚上真有些奇怪，所有在仆役室里的妇人，都来讥讽她，凌辱她。女管家说她是一个鲁莽自大的东西：女仆长责问她怎敢戴着这种指环和缎带，这是十分不合体统的！女厨子对厨婢说，她始终不相信那个东西有什么用处；但男人们呢，每一个人，如车夫约翰、跟班波顿和鞑靼王子的侍仆，都惊跳起来，说……

"我的天！"
"唷唷唷！"
"啊啊啊！" 铂星达是一个多么漂亮的姑娘。
"喔喔喔！"

"走开，不干你们的事，你们这些流氓！"铂星达说着，拿了一炉煤走开了。她跑上楼去，听见两位少年在打台球；她先弄暖了吉格略王子的被褥，然后跑到布尔波王子的卧室里去。

她刚温好被褥，布尔波进来了，他一看见她，便嚷道，"喔！喔！喔！喔！喔！喔！你是一个多么漂——漂——漂亮的人儿！你是天使——你太美——你是玫瑰的芽，让我成为你的柏尔柏尔——你的布尔波吧！飞到荒郊去，和我一起飞！我从不曾看见过一只小绵羊有像你这样使我欢喜的深蓝色的眼睛。美丽的女神，请接受，接受这个少年的心吧。属于我吧！属于我吧！你做靼靼的公主吧！我的父王将会赞同我们的结合。至于那个胡萝卜色头发的小安琪尔佳，我是丝毫也不再眷恋她了。"

"请让开，殿下，请安睡吧，"铂星达拿着暖被炉说。

但是布尔波说，"我不睡，我永远不睡，直到你肯发誓是属于我的，你这可爱的羞涩的侍女！这里，你的脚边，布尔波将躺在那里，他已被你的眼睛俘虏。"

他滔滔不绝地说着，又做出种种非常丢脸可笑的举动，铂星达开玩笑地用暖被炉碰碰他，这一下就让他用完全不同的样子喊着，"喔喔喔喔！"

吉格略王子在隔壁的卧室里听见了布尔波王子的声音，就跑进来看发生了什么事。他一看见所发生的事情，便盛怒地冲到

布尔波身边，极粗暴地将他一脚踢飞，然后接着踢，直到他的卷
发变直了。

可怜的铂星达哭笑不得；这样的猛踢一定会把王子踢伤，
不过那时候他看上去很滑稽！吉格略把布尔波摁在地上下挥拳地
揍他，然后就跑去站在壁角，抚头擦耳，你想吉格略在做些什么
呢？他跪在铂星达跟前，握住了她的手，请求她接受他的心，同
时提出要娶她。试想铂星达的情形啊，自从在御花园中第一次看
见王子，她便爱上了他，便已和他发生恋爱，那时候她尚是个小

孩子哩。

"喔，可爱的铂星达，"王子说，"我和你相伴15年，为什么不曾看见你的美貌呢？在整个欧洲、亚洲、非洲、美洲和澳洲，都不曾发现有哪一个女子可以和你媲美？安琪尔佳么？屁！格罗方纳么？呸！王后么？哈，哈！你就是我的王后。因为你才是真正的天使。"

"喔，王子！我只是一个下贱的侍女，"铂星达说，然而她的脸上露出欢容。

"在我生病的时候，大家都忘记了我。不是只有你来照顾我么？"吉格略继续说，"不是你温柔的双手抚平了我的枕头，送给我果酱和烤鸡么？"

"是的，亲爱的王子，我的确曾这样做呢，"铂星达说道，"假如你欢喜，我还能替殿下缝衬衫上的纽扣哩，殿下，"这个天真无邪的侍女说。

那时候，可怜的布尔波王子正疯狂地爱着铂星达，他听了这番话，看清了她对着吉格略的眼色，就号啕大哭起来，乱扯自己的头发，直到落了满屋子，像许多的麻屑。

当两个王子继续交谈时，铂星达把暖被炉放在地板上，当他们开始打架，并且双方气势汹汹地各不相让，她便抽身跑了。

"你这臃肿的没用的笨虫，你把头发都扯掉在壁角里；你

竞争者出现了

欺侮了铂星达，我要好好地为她出一口气。你敢跪在吉格略的公主跟前，吻她的手！"

"她不是吉格略的公主！"布尔波咆哮道，"她将是布尔波的公主，谁也不会是布尔波的公主了。"

"你和我的堂妹订婚了啊！"吉格略愤怒地号叫。

"我讨厌你的堂妹！"

"就欺侮铂星达的事，你要给我个满意的解释！"吉格略盛怒地嚷道。

"我要取你的命。"

"我要替你送终。"

"我要割破你的喉管。"

"我要敲破你的脑袋。"

"我要打落你的头。"

"我早上要差一个朋友来给你颜色看看。"

"我下午要送一颗子弹给你尝尝滋味。"

"那么我们再见吧"，吉格略说着，把拳头抡到布尔波的脸上；他又提起暖被炉，亲吻着它，因为，这炉方才铂星达拿过，然后冲下楼梯去。他正走到楼梯口，只见国王在和铂星达谈话，他用各种爱称来称呼她。国王说，他听见屋子里有些响声，并且闻着有什么东西燃烧的气味，便跑出来看看发生了什么事。

"大概是两位小少爷在抽烟吧，陛下，"铂星达说。

"迷人的侍女啊，"国王说，和其他所有人一样，"不要管少爷们！将你的眼睛注视到一个中年的威严的君王身上吧，他的风度在盛年时候大家都说还不坏呢。"

"喔，陛下！王后知道了将要怎么说呢？"铂星达嚷道。

"王后！"国王笑道。"王后将要受绞刑。我不是帕弗拉哥尼亚的君主么？我没有绞架、绳子、斧头、行刑官么——哈？我的宫墙外不是还有一条河么？我没有装妻子的袋子么？只要一句话，你愿意成为我的人，——你的王后就可马上被装入一只袋子里。而你就成为获得我的心，与我同享王位的人。"

吉格略王子听见这些残忍的话，竟忘记了平常对国王的尊

敬，举起暖被炉，把国王打得和松饼一样的平扁；然后，吉格略
拔起脚来一溜烟逃走了，铂星达惊啼着跑开，王后、格罗方纳以
及公主，都走出她们的卧室来。试想，她们看见了她们的丈夫、
君王、父亲弄成这个样子，将是怎样的感受啊！

第十章 瓦拉罗索王大发雷霆

国王为炽炭所烫，立刻清醒，站起来。"喂！我的卫队长！"他愤怒地跺脚喊道。那样子真是可怜！国王的鼻子被吉格略王子一击，打弯！国王愤怒地咬着牙齿。"海特查夫！"他说着从他的衣袋里摸出一张死刑令来，"海特查夫，忠诚的海特查夫，去捉住那个王子。你赶紧跑到三层楼上他的房间里去，就可找到他。他竟敢伸出他可恶的手来打一个国王神圣的睡帽——海特查夫，并且用一个暖被炉把我打倒在地？去，不要耽搁。该死的！赶快去，否则——哼！——哈！——你自己得留点儿心。"

国王说着提起他的睡袍，后面跟着一群贵妇，进自己的房间里去了。

海特查夫队长是很爱吉格略的。"可怜的，可怜的吉格略！"他说，刚毅的脸上流满眼泪，顺着他的胡须滴下来。"我的尊贵的小王子，难道定要用我的手来捉你去死么？"

"让他去逃吧，海特查夫，"一个女性的声音说。这人是格罗方纳，她听见了吵闹的声音，穿着睡衣就跑出房来。"国王

叫你去杀死王子。那么你就去杀死个王子就是了。"

"我不懂你的话呢，"海特查夫说，他是一个不十分聪明的人。

"你这个笨蛋！他并没有说哪一个王子，"格罗方纳道。

"没有，他的确没有说哪一个，"海特查夫说。

"那么很好咯，捉住布尔波，将他绞死！"

海特查夫队长听见了这句话，快活得跳起来了。"服从是一个军人的天职，"他说，"布尔波王子将处以极刑。"他在第二天早上第一件事便是去捉王子。

他去敲门。"是谁啊？"布尔波说。"海特查夫队长么？请进来，我的好队长，我很高兴见到你，我一直盼望着你。"

"你盼望我来么？"海特查夫说。

"斯莱波资，我的御前大臣，将代表我，"王子说。

"望殿下原谅，这事要请你亲自去的，并且也犯不着去叫醒斯莱波资男爵。"

　　布尔波王子对于这件事似乎非常镇静。"你是为了吉格略王子的事而来的吧？"

　　"正是，"海特查夫说，"为了吉格略王子的事。"

　　"用手枪还是用剑呢？队长？"布尔波问道。"我对它们都很擅长，我很有把握收拾吉格略王子，以便让他知道我的名字是叫布尔波王子殿下。"

　　"你弄错了，我的主人，"队长说。"在我们王国，是用斧头的。"

　　"斧头？那倒是很棘手的，"布尔波说。"叫醒我的御前大臣来，他会做我的助手，在10分钟之内，不是我吹牛皮，你就可以看见吉格略的头脱离了他不相干的肩膀。我要吸他的血！哈哈！"他蛮横得像一个魔鬼。

　　"请你原谅，因为这张拘票，我是来逮捕你，把你交给——交给行刑官的。"

　　"呸，呸，我的好人儿！——放手，我说，——呵！——喂喂！"这个不幸的王子能说的只有这些了，因为海特查夫的卫兵早已抓住了他，用手帕堵住他的嘴和盖住了脸，将他带到行刑的地方去了。

　　国王恰巧在和格伦布索讲话，看见他走过，就吸了一撮鼻烟，说道，"这不免太难为吉格略了。让我们去吃早餐吧"。

卫队长将犯人和死刑令交给许立夫：

着即将来人斩首示众。

——瓦拉罗索第二十四世

"这是冤枉的，"布尔波说，他似乎还没明白发生的事。

"呸——呸——呸！"许立夫说，"马上去找行刑官来，行刑官！"

于是可怜的布尔波就被带到断头台上，在那里站着一个拿着一块木头和一把巨大的斧头的行刑官，总是准备着执行职务。

但是现在，我们又要回过来说说吉格略和铂星达了。

第十一章　格罗方纳对付吉格略和铂星达

——

　　格罗方纳看见了发生在国王身上的事，知道吉格略必定遭遇不幸，所以她第二天早上很早起身，想设法来拯救她的亲爱的丈夫——这愚笨的老家伙就定要这样地称呼他。她看见他正在花园中踱来踱去，此时正在想一个与铂星达的名字同韵的词（他所能找得的词只有"巴西的"和"我心大"），简直把昨天晚上的事情忘记个干净，只想着铂星达是最可爱的人儿。

　　"喂，亲爱的吉格略，"格罗方纳说。

　　"喂，亲爱的格罗姑娘，"吉格略说，不过他叫她姑娘，是很带讥讽的意思的。

"我想，亲爱的，你处在这个危险的境地中，应该想个办法才行。你必须逃到国外避避风头。"

"什么危险的境地？——逃到国外去吗？我不能没有我的爱人，伯爵夫人，"吉格略说。

"不，她将要陪你去，亲爱的王子，"她用哄诱的口气说道。"第一，我们必须弄到我们双亲所有的珠宝，以及现在的国王和王后所有的那些。这里便是那个钥匙，宝贝。它们当然全是你的，因为你是帕弗拉哥尼亚的正统的国王，而你的妻子将要是正统的王后。"

"她将是王后么？"吉格略说。

"当然咯。并且拿了珠宝之后，就跑到格伦布索的房间里去，在他的床底下，你将会寻得几个大袋子，里面装着270987439英镑13先令6个半便士的现金，这些全是你的，因为这是他在你父亲死的时候从他房间里拿出来的。我们将要拿了这些逃出去。"

"我们将要逃出去？"吉格略说。

"是啊，你和你的新娘——你的订了婚约的爱人——你的格罗姑娘！"伯爵夫人软软地斜睨着他说。

"你是我的新娘？"吉格略说，"你，你这个丑陋的老太婆！"

"喔，你——你这个无赖！你不是给了我这张写着婚约的纸条么？"格罗方纳嚷道。

"滚蛋，你这老笨货！我爱铂星达，只爱铂星达，"他带着一种惊恐的神情，赶快地逃开她。

"呀！呀！呀！"格罗方纳喊道："婚约就是婚约，只要帕弗拉哥尼亚还有法律！至于那个妖精，那个无赖，那个恶魔，那个丑陋的小泼妇——至于那个爆发迹的，那个忘恩负义，那个人面兽心的铂星达，吉格略先生，你要寻到她的下落，将很不

容易呢。你想寻得她，我敢断定，要花很久的时间。你毫不知道铂星达小姐是……"

是——是什么？现在你们将要听到了。在这个寒冬的每天早上，可怜的铂星达5点钟就起身来端茶给她的残忍的女主人；但是这一次非但看不见她露着笑容，反而看见格罗方纳非常愤怒。这伯爵夫人一面在穿着衣服，一面将铂星达打了六七个耳光，但是因为可怜的铂星达已经习惯受到这种待遇，所以她没有惊慌。"你听着，"她说，"当王后揿了两次铃，你就立刻跑去伺候。"

因此当王后的铃揿了两次，铂星达就跑到王后跟前鞠了一个躬。王后、公主、格罗方纳都在这个屋子里。她们一看见她，就闹了起来。

"你这个贱坯！"王后说。

"你这个小下种！"公主说。

"你这个畜生！"格罗方纳说。

"不要让我见到你！"王后说。

"滚蛋！"公主说。

"离开这屋子！"格罗方纳说。

唉！真不幸！那天早上铂星达竟遇到了极悲惨的事，这都是因为前夜的那桩不幸的暖被炉事件。国王曾向她求婚，王后自然起了妒意：布尔波曾经为她动情，安琪尔佳自然非常愤恨：吉格略爱上她，喔，格罗方纳是多么暴怒啊！

"把我送给你的那 { 衣服 / 衬裙 / 帽子 } 都脱下来"，她们一面说，一面把铂星达穿的衣服都撕光了。

"你怎么敢去 { 勾引国王？" 王后哭， / 布尔波王子？" 公主叫， / 吉格略王子？" 伯爵夫人喊道。}

"把她从前穿来的破衣服还给她，将她赶出去！"王后喊道。

"注意，不要让她穿了我的鞋子去，这是我好心借给她的，"公主说（其实公主的鞋子，铂星达穿着还嫌太大呢）。

"跟我来，你这个贱人！"刻毒的格罗方纳拿起了王后的银杖，将铂星达赶到她的卧室里去。伯爵夫人跑到玻璃箱边，里面放着铂星达的旧外套和旧鞋子，一直保留到如今，她说，"穿上那些破衣服，你这小乞丐，把所有属于贵人们的东西都剥下来，走你自己的路吧"。说着她就动手把这可怜娇嫩的小姑娘身上所有的东西，差不多全都剥了去，并且叫她走出这屋子。

可怜的铂星达匆匆地披上了她的外套，在这外套上面还绣着"公……露珊……"等字样，剩下的字都破烂得看不出来了。

　　至于鞋子，她只有一只破旧的小鞋，叫她怎样穿着呢？鞋上的绳子倒还在，因此她只好把它挂在脖子上。

　　"请你给我一双鞋子，好叫我在雪地里行走，太太，求你了，太太？"这可怜的女孩哀哭道。

"没有，你这奸恶的畜生！"格罗方纳说着用银杖来赶她——赶她走下冰冷的梯子——赶她穿过冰冷的厅堂——推她到冰冷的街上，连门环见了她也落泪呢！

但是有一个和善的仙女，把柔雪温暖了，使她的小脚儿感不到寒冷，还在铂星达的身体与外套之间衬上了一层貂皮，然后飘飘而去！

"现在让我们想想早餐吃什么，"贪吃的王后说。

"我穿什么衣服好，妈妈？粉红的还是豆绿色的？"安琪尔佳说，"你想亲爱的王子喜欢哪一件？"

"发太太，"国王从梳妆室里叫道，"我们早餐要有香肠吃！记着，布尔波王子和我们一起吃！"

于是他们大家都准备好来吃早餐。

9点钟到了，他们都聚集在餐室里，但是布尔波王子还没到。水壶正在吱吱嗡嗡地发响：松饼腾着热气——好一大堆的松饼！鸡蛋已经煮透，旁边桌子上还有一罐子的果酱和咖啡，和一盆精美的鸡和牛舌。厨子马尔米顿拿香肠来了，喔，他们闻着是多么香啊！

"布尔波呢？"国王说。"约翰，殿下到哪里去了？"

约翰说，他曾经去替殿下端剃胡子用的水和拿衣服用品，但是他不在他的房里，因此猜想殿下是出去了。

"没有吃早餐就冒雪出去么！不会的！"国王说着把他的叉伸向香肠。"我亲爱的，吃一点。安琪尔佳，你要吃一块腊肠么？"公主叉了一块，吃得很是入味；这时，格伦布索同卫队长海特查夫都很仓皇地跑了进来。

"我恐怕陛下——"格伦布索喊道。

"早餐前不办公，格伦！"国王说道。"早餐要紧，公事慢来，太太，还要些糖！"

"陛下，我恐怕，要是我们等到餐后再说，就太迟了，"格伦布索说，"他——他——他在9点半就要处死刑呢。"

"不要说什么死刑不死刑，搅扰了我的早餐，你真不知趣，贱人，"公主嚷道，"约翰，还要些芥末。请问处死刑的是谁？"

"陛下，就是王子，"格伦布索向国王低声地说。

"跟你说，吃过早餐再讲！"国王很愤怒地说。

"果真那样的话，我们将要受到一次战祸了，陛下，"大臣说道。"他的父亲，帕德拉国王……"

"他的父亲，哪个国王？"国王说。"帕德拉国王并不是吉格略的父亲，我的哥哥萨维奥国王，才是吉格略的父亲啊。"

"正待处刑的乃是布尔波王子，陛下，不是吉格略王子，"首相说。

"您叫我去斩王子，我就去捉那个丑陋些的，"海特查夫说，"我当然想不到陛下要杀死自己的骨肉之亲啊！"

国王把盛汤的盆子扣在海特查夫的头上。公主喊着"唏……"便晕了过去，倒在地上。

"快拿茶壶来，浇些水在她身上，"国王说，于是这热水就使她渐渐苏醒过来。国王看着他的表，与客室里的钟，和对面广场上的大钟相比较；然后转紧手表的发条，又继续看着它。

"最重要的问题是，"他说，"我的表是快还是慢？要是我的表慢了，那么我们还不如继续吃早餐吧。要是我的表快了，那么，还有可能去营救布尔波王子。这是一个非常愚笨的错误，就我的意思，海特查夫，我真想把你给斩了。"

"陛下，我不过是尽我的职责；一个军人只有服从他的命令。我想不到在47年忠心的服务之后，我的君王竟要将我当做重犯处以极刑呢！"

"你十恶不赦！你没想到，你在说话时，我的布尔波正要被处死刑么？"公主抱怨地说。

"天啊！安琪尔佳常常说我非常昏聩，那话真没错，"国王说着又看看他的表。"喝！听啊，在打鼓了！一件多么不幸的事！"

"喔，爸爸，你这个笨牛！快写一张特赦令，让我拿了赶去吧，"公主喊道——于是她寻了一张纸、一支笔、一瓶墨水，放在国王的前面。

"真该死！我的眼镜呢？"国王大叫。"安琪尔佳！快跑到我的卧室里去，看看我的枕头底下，不是你妈妈的枕头；在那里，你会看见我的钥匙。把这串钥匙带下来给我，然后——唉，唉！这小女孩儿怎么这么急躁的！"安琪尔佳不待他说完，早已跑去，忐忑地奔到卧室里，寻到钥匙，立刻回来，这段时间里国王连一个松饼还没有吃完哩。"现在，宝贝儿，"他说，"你必须再回到我的桌子边，我的眼镜就放在那里。如果你刚才听完了我的话……该死的！她又跑了。安琪尔佳！安琪尔佳！"国王高声地喊着，于是安琪尔佳就只好回转来。

"亲爱的，当你跑出一个房间时，我已对你说了多少次，要随手关门。那才是一个好宝贝。说完了。"最后，钥匙、桌子、眼镜统统都准备好了，国王弄好他的笔，在一张特赦令上签下他的名字，安琪尔佳拿了像风一般快跑出去。"你最好待在这里，我的宝贝，吃完这些松饼。你跑去也是没有用的。一定太迟了。请递给我那瓶果酱，"国王说。"当！当！半小时已过去了，我知道的。"

　　安琪尔佳跑啊，跑啊，跑啊，跑。她跑到前街，跑下大街，穿过小菜场，转向左边，过桥，走入了死胡同，再回来绕过城堡，沿着右手正对灯柱的杂货店，兜过空地，然后她来到了——来到了法场上，她看见布尔波头枕在木桩上！！！行刑官正举起他的斧头，但是就在那刻，公主喘着粗气跑来大喊着"特赦！""特赦！"公主惊叫着。"特赦！"所有的人都狂呼道。她像灯火般轻快地跳上断头台，投身在布尔波的怀里，也顾不得一切的礼节，就乱嚷，"喔，我的王子！我的殿下啊！我的宝贝！我的布尔波！你的安琪尔佳已经及时赶来营救你宝贵的生命，我的香甜的玫瑰芽；我要阻止你在年轻有为时就被摧折！要是你碰到了什么不幸，安琪尔佳也不能够独存，很欢迎死神来领她到她的布尔波跟前去。"

　　"哼！在这里一点儿趣味都没有，"布尔波说，他的神色看去很是迷茫和不舒服，因此公主就用最柔和的语气来问他烦闷的原因。

　　"我告诉你实情吧，安琪尔佳，"他说，"自从我昨天来到这里，就有了这样的吵闹、捣乱、口角、打架、砍头，真是活见鬼，我要回到鞑靼去了。"

　　"但是让我作为你的新娘一同去吧，我的布尔波！只要和你在一起，不论到哪里去，对我来说都和到鞑靼去一样，我的勇

敢的美丽的布尔波！"

"嗯，嗯，我想我们必定要结婚的，"布尔波说。"牧师，你是来读送葬的祭文的——你也能读结婚的祝词？总之，凡事都是注定的，无可更改。这事总可使安琪尔佳觉得满意了，好，让我们回去吃早餐吧。"

布尔波经历这惨剧时，嘴里始终衔着他的玫瑰花。这是一朵魔法玫瑰，他的母亲曾经告诉他，永远不能将它抛弃掉。因此就是当他的头枕在木桩上时，他还是把它咬在牙齿间，妄想着出现转机。当他和安琪尔佳说话时，他忘记了这玫瑰花，它便从他的嘴里落下来了。这痴情公主立刻蹲下去拾起来。"芬芳的玫瑰！"她叫道，"你生在我的布尔波的嘴唇上，我将永远地留着你！"于是她将花佩在她的胸前。布尔波不能再向她要回来了。接着他们一同去吃早餐：当他们走的时候，在布尔波看来，安琪尔佳越来越窈窕秀美了。

他从此终日总是发狂似的，直到他们结了婚；但是真奇怪，现在倒是安琪尔佳不大喜欢他了！他长跪下来，他吻她的手，他恳请乞求，他惊羡地叫喊；然而在安琪尔佳这边，却想说再等等；对她来说他不再漂亮了——是的，一点也不漂亮，恰恰与漂亮相反；他，也不聪明了，是的，简直是笨得可以；并且他也不像吉格略那样斯文了；是的，是的，反过来了，很粗鲁……

有一次瓦拉罗索国王忽然咆哮地喊道，"呸，胡说！"用一种可怕的声调。"我们不要再踌躇不决了！请大主教来，让王子与公主结婚吧！"

因此，他们就结婚了，我相信，他们会快乐的。

第十二章　铂星达的脱逃和她的行踪

——

铂星达毫无目的地走着，一直走出城门，走到了通往鞑靼的路上，吉格略所走的也是这条路。当一辆四轮马车经过她，车中的车手正在用他的号角来吹一套悦耳的曲调时，"啊！"她想，"我最好能够坐在那辆车子上！"但是这车子和马匹飞驰而过。她完全不知道车中坐着什么人，但是她心里一直惦记着她的王子。

后来，又走过来一辆空的两轮运货马车，是从小菜场回来的；驾车的是一个和善的人，见了这样一个美丽女子，赤着脚在路上踯躅，很好心地给她一个座位。他说，他住在树林里，他的老父亲是一个樵夫，并且说，要是她愿意，他将带她去她想去的地方。对小铂星达来说，所有的路原是一样的，因此她就很感激地随着车夫走。驾车的人用一块布覆在她赤裸的脚上，又给了她一些面包和冷熏肉，待她很好。然而她很冷淡，很忧郁。这样走着走着，天色也晚了，所有的黑松树被积雪压得前俯后仰，最后，便看见一些柔和的光从樵夫家的窗子里透出来。他们到了，一同跑进这草屋去。屋子的主人是一个老人，有好多子女，当他们的大哥驾车抵家的时候，他们正在吃晚餐，吃着精美的热面包和牛奶。他们一见大哥回来，都跳着拍着他们的手；因为他们都是好孩子，大哥从城里带回些玩具给他们。

当他们看见那个美丽的陌生人，就跑向她，带她到火边，揉揉她可怜的双脚，给她面包和牛奶。

"看啊，父亲！"他们对老樵夫说道，"看这可怜的姑娘，看她的双脚被冻得多冷啊。它们白得像我们的牛奶一样。看啊看啊，她穿着一件多么奇特的外套，就像挂在我们碗碟橱上的这片天鹅绒，这是你在帕德拉国王打死小狮子的那天在树林中寻得的！看啊，咦，上帝保佑！她脖子上挂着和你带回来的一只小鞋子十分相像，你时常拿出来给我们看的——一只青蓝色的天鹅绒鞋子！"

"什么，"老樵夫说，"什么一只鞋子，一件外套？"

于是铂星达解释道，她在很小的时候，曾经被人抛弃在城里，那时候就穿着这件外套和这双鞋子。而一向收留她的人，已经——已经恼怒了她，但这并不是自己的过失。他们还了她的旧衣服，将她赶走——所以她现在就到这里来了。她记得曾经到过一个树林里——也许这是一个梦——一个非常古怪而又奇异的梦——曾经在一个山洞里和那里的狮子同住；而在那以前，又曾住在城中一座极精美，和国王的宫殿一样精美的屋子里。

椎夫听了这番话，非常惊异。这真是奇怪极了，他为什么要惊异呢？他跑到他的碗碟橱边，从一只长袜里摸出一个卡沃费欧瑞国王的五角银币来，发誓说这银币上的人与这姑娘很像。然后他拿出久藏的那只鞋子和那片天鹅绒，去和铂星达所穿的相比。在铂星达的小鞋子上写着，"霍布金，王族的鞋匠；"而在另一只鞋子上也写着，"霍布金，王族的鞋匠。"

在铂星达的外套的里边，绣着，"露珊……公……"而在另一片的外套上绣着，"……尔白……主。第246号"。因此当拼在一起读时，就成了"露珊尔白公主。第246号"。

这个老樵夫一见了这个，就跪下来说："喔，我的公主，喔，我的仁慈的尊贵的姑娘，喔，我的鞑靼的正统的女王，——我赞美你——我承认你的权威——我效忠于你！"他为表示他的忠诚，将他的尊贵的鼻子在地上磨了三次，并把公主的脚放在他的头上。

"咦，"她说，"我的好樵夫，你一定是我父亲朝里的大臣吧！"因为当鞑靼女王露珊尔白陛下以铂星达为名做下人的时候，曾经读过所有一切别的朝廷和国家的风俗。

"对啊，我确曾做过，我仁慈的君王——这做了15年的卑贱樵夫的人，曾经是可怜的斯宾那齐大臣呢。残暴的帕德拉免了我的首相的官职。愿毁灭降临在这奸诈的恶棍身上。"

"牙签首相和鼻烟壶执掌吗？我记起来了！你在我父王手下担任一些职务。你将重新担负起它们，斯宾那齐大臣！我赐给你佩二等南瓜勋章的爵士（一等勋章只能是国王的）。起来，斯宾那齐侯爵！"这无上威严的女王因为手头没有宝剑，就用她吃奶油面包的白匙在这老臣的秃顶上挥，老臣哭了起来，眼泪在地上形成一个小水坑，而他的亲爱的子女们在那晚睡觉时，也变成巴特洛缪、乌帕尔窦、加他林那和奥塔维亚公子小姐了！

女王指出还有许多过去都熟识的人和王宫中的贵族家族。"布洛柯立家必定会忠于我们，"她说，"在我们的朝中，他们一向是受荣膺的。阿底曲齐可曾照他们向来的惯例，臣服于新的国王吗？苏克劳家族一定是向着我们的——他们在卡沃费欧瑞的宫廷里总被优待。"她不断地列举出鞑靼国中的许多贵人和绅士，足见她在流亡时学到了许多东西。

斯宾那齐老侯爵说，他能够去征求他们大家的意见；全国的人都抱怨帕德拉的暴政，很希望能让正统的君王回来统治；那时天色已晚，他恨不得立刻差他那些对森林很熟悉的孩子们出去招降一个个贵族了；当他的大儿子安置好马匹，添好草料，进屋子来吃晚餐时，侯爵叫他穿上靴子，套上马鞍，骑着马到处去找找某些人。

　　这少年一听说在车中的同伴是个女王，他也跪下来把她的
脚放在自己的头上；他发狂地爱上她。看见她的别的人也一样：
巴特洛缪和乌帕尔窦公子也是这样，他们竟因妒忌而互相撞头。
从各处前来受斯宾那齐侯爵招降的，都是仍旧忠心于卡沃费欧瑞
王的辁辒大臣。他们大都是很有年纪的老绅士，以至于女王没有
丝毫怀疑他们荒谬的热情，而天天在他们中间周旋，丝毫没有料
到她的美貌会引起混乱，直到后来，一个加入到她的团体的年老
的盲大臣告诉她，她才知道这件事；自此之后，因害怕人们爱上

她，而常常戴一个面纱。她秘密地在一个个贵族的宫堡里来来去去；他们自己也互相访会，召开会议，商议宣言和檄文，把国家最好的土地在彼此间划分好，又选定在女王登基之后，反叛党中哪几个必须被处决。这样约莫过了一年的光景，他们就预备发动起义了。

这队正义之师，实际上大部分都是些老弱残兵；他们在各处挥着他们旧式的宝剑和旗帜，呐喊着女王万岁！恰好那时候帕德拉国王因远征而不在，所以他们取得了一时的胜利。可以确信的是，人民一见了女王，总是极热情地欢迎她。要不然，老百姓们将很平静地对待这件事，如果他们说，据记忆所及，他们在卡沃费欧瑞时代所纳的捐税，和现在在帕德拉手里也差不了多少。

第十三章　露珊尔白去霍金那摩伯爵的宫殿

女王陛下因为实在没有什么东西来赠赐，所以只好授予她的跟从者以南瓜公爵、侯爵、伯爵、男爵等等的头衔罢了；他们替她组织了一个小朝廷，又替她用金箔做了一个小冠冕，用棉绒做了一件礼服；他们为了朝中土地的分封，以及为了官职、爵位、品级等等，互相争吵——你想也想不到他们怎样地争吵啊！这可怜的女王即位了一个月之后，便很厌烦她的荣誉了,我敢说她有时候竟感叹还是做一个侍女来得安逸呢。但是我们处在尊贵的地位，都得尽我们的职责，所以这位女王还是打消了这种念头，照常办事。

我们已经说过，当时恰巧没有篡夺者的军队出来抵抗这一队正义之师，因此他们得以在一堆指挥官的指挥下从容地、快速地开拓出去，他们军队中军官的数目，足有兵士的两倍：后来，他们到达了国中一个最有权力的贵族的封地边境，这贵族还没有投诚于女王，但是女王的队伍很希望他来归附，因为他时常和帕德拉王发生争执。

当他们行进到他的院落时，这位贵族差人来说，他将恭候女王陛下：他是一个最勇猛的战士，他的名字叫霍金那摩伯爵，他的盔甲要两个强壮的黑奴才拿得动。他跪在她的面前，说道："我的女王，在鞑靼无论是谁，只要向戴王冠的人以各种形式表达了敬意，他便成为大贵人了。所以我们承认了你的权威，也就是证明了我们自己的尊贵。勇敢的霍金那摩向他国中的第一贵人俯腰屈膝了。"

露珊尔白说："勇敢的霍金那摩伯爵，你真是异常和善。"但是实际上她见了他很害怕，虽然他还是跪着，但他的眼睛从他满脸胡须中间颦眉望着她。

"这王国中地位最高的伯爵，小姐，"他接着道，"向君王行礼了。他致意于无上尊荣的女王。小姐，我的手是自由的，我把它和我的心、我的剑供你驱遣！我的三个妻子都已葬在祖先

的坟墓里了。帕德拉我的第三个妻子亡故虽只一年，但我这颗心已很需要一个伴侣呢？屈尊于我吧，我立誓去割下帕德拉国王的头，他的儿子布尔波王子的眼鼻，篡逆的帕弗拉哥尼亚国王的右手和耳朵来供在你结婚的礼台上，那时候帕弗拉哥尼亚也将要是你的——我们的属地了！答应了吧，霍金那摩不习惯遭人家拒绝的。我真想不出谁能够拒绝我，因为拒绝了我将要得到很恐怖的后果。要是霍金那摩发了怒，什么事都做得出来，可怕的杀戮、猛烈的蹂躏、恐怖的暴虐、残忍的刑罚、穷困、罚款，这片土地上的人们将要遭受这些！我中意于陛下的秀眼——它们的视线让快乐充满了我的灵魂！"

"喔，先生！"露珊尔白说，很惊惶地伸回了她的手。"你是非常和善的。不过我很抱歉地告诉你，我已经和一个少年订婚了，他的名字是——吉格略王子——除了他，我决不——决不能够嫁给别的人。"

谁能够描写得出霍金那摩这时的愤怒啊？他立起身来，格格地磨着牙齿，他的嘴里都快喷出火星来，同时他又发出一阵咆哮，这样的响亮、猛烈和野蛮，这支笔是永远描写不出来的！"不不不不不不——不准！见鬼！勇敢的霍金那摩被拒绝了！全世界的人将要听见我的震怒；而你，小姐，将要第一个懊悔哩！"说毕，他踢开了站在面前的两个黑奴，冲了出去，他的胡

须在风中飘动。

女王陛下的大臣们看见霍金那摩在女王面前怒到极点，竟把可怜的黑奴当球踢，不由得惊慌起来——事实证明他们的惊慌并非庸人自扰。他们很沮丧地从霍金那摩的院落出发，仅半小时后，他们就与那个贪心的首领和他的几个手下相遇，他在他们中间乱杀、乱砍、乱击、乱揪、乱敲、乱打，他们将女王捉去，把这起义的军队赶到不知什么地方去了。

可怜的女王！她的征服者霍金那摩竟不肯屈尊来看视她。"去准备一辆马车来！"他对他的仆人们说道，"将这个贱人关在那里，送她到帕德拉国王那去，并代我致意。"

同时，霍金那摩又写了一封信，信中对于帕德拉国王和他的王族，说了许多献媚的话。他用最过分的恭维来掩饰他的伪善。霍金那摩答应即刻去称臣，誓为最忠实的永久拥护者。像帕德拉国王这样一个谨慎的老家伙，霍金那摩的把戏哪里能骗得过他，我们不久就将听到，这个暴虐者将如何对待他"忠心"的大臣。不，不；两个恶徒在一起，总不能推心置腹的。

因此可怜的女王被放在稻草堆里像玛格丽特·窦[①]一样，她在黑暗中经过很长的路程，才到朝中，那时候，帕德拉国王已经打败了敌人，杀死了大多数，班师回来，同时他又掳了几个富翁，想用重刑来逼他们说出他们藏金的地方。

露珊尔白在牢狱里，也听得见他们痛喊悲叫的声音。这牢狱是一个最阴森的黑洞，满是蝙蝠、老鼠、蛤蟆、蚊虫、臭虫、跳虱、蛇等各种可怕的东西。狱中透不进光，否则那些典狱官定

[①] 玛格丽特·窦（Margery Daw），源自英国1765年出版的《鹅妈妈歌谣集》（Mother Goose's Melody），这个名字指代"慵懒、肮脏的妇人"。

会看见她而同他发生爱情，和那只住在塔顶上的猫头鹰一样了。又如那只猫（它是能在暗中见物的）只为瞪着眼望一望露珊尔白，就永不愿回到它的主人典狱官的妻子那里去了。牢狱中的蛤蟆跳过来吻着她的脚，毒蛇蜒过来盘在她的颈上和臂上，永不伤害她，这个可怜的公主在不幸中还是这样的迷人呢！

这样，她被关在这块地方过了许久许久之后，这牢狱的门开了，而可怕的帕德拉国王就跑了进来。

但是他怎么说，怎么办，且放在另一章里再说，因为我们现在必定要回叙到吉格略王子了。

第十四章　吉格略的行踪

———

　　吉格略王子想到要与像格罗方纳这样的一个老妖怪结婚，着实吃惊，所以他连忙奔到自己的卧室里，把行李理好，赶紧喊两个挑夫来把这些搬到马车上去。

　　幸亏他动身快，不去细检他的行李，而趁早出发，因为当错拿了布尔波王子这件事被发觉之后，那个残忍的格伦布索立刻差了两个警士到吉格略王子的卧室里去，吩咐将他带到新大门，在12点钟前斩决。但是吉格略的马车，直到2点钟之前才跑出帕弗拉哥尼亚的国境；我敢说这两个捉拿吉格略王子的警士并不竭

力追赶，因为在帕弗拉哥尼，许多人都尊敬吉格略，他是他们老国王的儿子；老国王虽然优柔寡断，却还远胜于他的老弟，这篡逆的、懒惰的、粗心的、易怒的、暴虐的在位君王——他现在只是忙着跳舞、宴饮、打猎等琐事，因为他认为在他的女儿和布尔波王子结婚的时候这些事情是应当举行的；而他对于他侄子的逃生，倒也并不放在心上。

那天很冷，地上积着雪，吉格略改名为季尔斯先生，快活地在马车中占得一个很舒适的座位；他的两旁坐着卖票员和另外一个绅士。从布龙波丁加开出去的第一个小车站，他们停下来换马的时候，车中上来了一个极粗俗难看的妇人，她的臂弯里挽着一只袋子，要求有一个座位。车中所有的座位都已坐满了，卖票员对她说，要是她愿意，她只能去坐在车顶上了；车中和吉格略同坐在一起的乘客（我想他定是一个无礼的人），探头到车窗外，说，"照今天的天气，坐在车顶上真是舒服！我祝你一路平安，亲爱的。"这可怜的妇人咳嗽得很厉害。因此吉格略怜悯她。"我把我的座位让给

她，"他说，"省得她患了那样严重的咳嗽还要在外边受寒。"
于是刚才那位粗俗的旅客说道，"我想，如果你变做了一个她所需要的暖手炉，你定要去替她偎偎暖哩。"吉格略听了这句话，就拧他的鼻子，打他的耳光，戳他的眼睛，给这个坏蛋一个警告，让他再也不敢称自己为暖手炉。

然后，他快活地跳到马车的顶上，很安适地坐在稻草里。那个粗鄙的旅客在下一站下去了，于是吉格略又回到了他原来的座位，和他旁边的妇人谈起话来，她似乎是一个最和顺的、知礼的、有趣的女子。他们直到夜里还同在车中，她从她所带的袋子里，摸出各种东西来送给吉格略。这个袋子里好像放着很多不错的物品。他渴了——她就在那里拿出一小瓶淡麦酒和一只银杯；饿了——她就拿出一只冷鸡、一些火腿、面包、盐和一块最美味的冷葡萄布丁，末了还有一小杯白兰地。

当他们一路前行时，这个朴素的奇怪的妇人和吉格略谈了许多的话，让这可怜王子的无知和她的才干恰恰形成了对比。他红了好几次脸，自认愚昧。于是这妇人说道，"我亲爱的吉格——我和善的季尔斯先生，你是一个少年，你的日子还多着哩，你一定要去刻苦用功。等到有一天你会用到你的知识，那时候——那时候你的故乡将需要你，和其他的一些人一样。"

"咦，太太！"他说，"你认识我么？"

"我知道许多有趣的事情，"妇人说。"我曾经参加过好些人的洗礼，到过好些人的家里，我看见有些人为好运所累，有些人因勤苦而兴起。我劝你待在车子夜间停靠的那个镇子上吧。你住在那里，好好地读一点书，记着你所善待的老朋友。"

"我的老朋友是谁？"吉格略问。

"当你需要什么东西的时候，"妇人说，"你只要到这袋子里去拿就是了，这袋子我作为礼物赠给你。你要感谢……"

"感谢谁，太太？"他说。

"感谢黑杖仙女，"妇人说毕这句话，便从车窗中飞出去了。于是吉格略问卖票的可知道这妇人在哪里？

"什么妇人？"那人说道，"车中除了已经在前一站下去的老妇人之外，没有什么妇人啊。"吉格略认为他做了一个梦。但是黑杖仙女送给他的袋子，还明明白白地放在他的膝上；当他到了那个镇上，就将它提在手里，跑到客店里去了。

他们给了他一个极简陋的房间。当吉格略早上醒来，还当是在王宫里，便叫道，"约翰、查理、托马斯！我的巧克力——我的晨衣——我的拖鞋。"但是一个人也没有进来。那里没有铃，所以他跑出房间，在楼梯顶上大叫要水。

女店主跑来"你在这里大呼大叫闹什么，少年？"她说。

"这里没有热水——没有仆人，连我的靴子也没有擦干净。"

"嘻，嘻！这些是要你自己弄的。"女店主说。"你这个年轻学生倒是脾气十足，我从没有听过如此无礼的要求。"

"那我就立刻要走了。"吉格略说。

"越快越好。付了房钱，快些滚蛋。我的房间是要租给规矩人的，不是你这种人。"

"好好看着你的黑店吧，"吉格略说，"你倒很可以把你自己的尊容画起来当招牌的。"

女主人嘀咕着跑走了。吉格略回到房间，首先就看见了放在桌子上的仙袋，当他跨进房门时这袋子跳了一跳。

"我希望这袋子里有些早餐，"吉格略说道，"因为我带来的钱剩得不多了。"

　　但是打开袋子，你想到里面放着什么？原来是一个黑刷子和一罐子鞋油，罐子上写着：

可怜的少年，你的靴子要擦油，好好擦，然后把我放回去。

于是吉格略哈哈大笑，擦亮了靴子，把刷子和罐子放回袋里。

当他穿戴整齐，这袋子又跳了一跳，他跑过去拿出来——

1. 一张桌布和一张餐巾。

2. 一盆最好的方糖。

4，6，8，10. 两个叉子、两个汤匙、两把小刀、一柄方糖夹和一把牛油刀，所有的都有一个季字记号。

11，12，13. 一个茶杯，一个茶碟，一个牛奶杯。

14. 满满一大罐精美的乳酪。

15. 一小罐红茶、绿茶。

16. 一大壶沸水。

17. 一个平底锅，里面装着三个煮好的鸡蛋。

18. 一些最好的牛油。

19. 一块粗面包。

要是他这顿早餐还不够吃，那么我倒要问，谁曾吃过这样的一顿早餐。

吉格略吃过了早餐，又把所有的东西都放回袋里，然后跑出去找寓处。我还忘记说，这里是著名的大学镇，叫做波斯福洛。

他在学校对面租好一个中等的寓所，在客店里付清了房钱饭钱，便带着他的箱子、行李，自然也不会忘记他的那个袋子，搬去他的房间里了。

他打开前天放满衣服的箱子，现在里面只有书了，他翻开第一本书来，看见上面写着——

衣服蔽体，书籍养心；

好好阅读，边读边学。

吉格略看着他的袋子，只见里边有一顶学生帽、一件学生的制服、一本很厚的习字簿、一个墨水台、几支笔、还有一册大字典，这些对他都很有用处，因为他对拼写一向很不注重。

于是他坐下来极用心地读书。整整地学习了一年，在此期间，"季尔斯先生"是波斯福洛大学全体学生中的一个优等生。他从不随着别人捣乱或闹事。教授们都称赞他，同学们也个个喜欢他；因此在考试的时候，他得了所有的奖励——

拼写奖、习字奖、历史奖、口试奖、

语文奖、数学奖、拉丁文奖、品行奖。

他所有的同学都说道，"恭贺！恭贺季尔斯！季尔斯是我们的骄傲！恭贺季尔斯！"他带了许多的奖章、学士帽、书籍和特等奖状回到寓所里去。

考试后的一天，他正和两个朋友在一家咖啡店里欢聚。

（我是否告诉你，在每个周六的晚上，吉格略都能从他的宝袋里得到足够的钱付账单，还有些零用钱。我没告诉你吗？不可能，我肯定说了，就像20×2=45那么肯定！）他偶然看到了波斯福洛时报，很流畅地读着，他现在能拼、读、写最长的词语了，以下是报上的文字——

像幻想出来的真实事件。——一桩闻所未闻的最奇特的事件，使邻邦鞑靼国人处于骚乱状态。

读者还记得，当如今的鞑靼国王帕德拉陛下，在布伦特波斯哥一战取得胜利而夺得王位的时候，先王卡沃费欧瑞的唯一的孩子露珊尔白公主，即在帕德拉国王所夺得的王宫中失踪的事吧！据说，因为被她所有的看护人所抛弃，她曾经在树林中迷路，在那里被那些凶猛的狮子吞吃了，其中的一对狮子，因为伤害了好几百个人，前些时候被捉来关在笼里。

帕德拉国王是全世界上最为仁慈的人，他知道了这无辜公主的灾祸，心里很是悲痛，要不然以他的仁慈，一定会好好地抚养她的，不过她的死耗似乎是十分可信的。在一次狩猎时，在树林中人们寻得一件外套的碎片和一只鞋子，那一回鞑靼的勇猛的国王亲自用枪刺杀了两只小狮子。这个无知小孩的遗物，就由卡沃费欧瑞以前的大臣斯宾那齐男爵带回家去保存着。后来，这男爵因为他的正统王朝派的意见被罢官，就住在鞑靼国边界上的一个树林中，做了一个安分守己的樵夫。

上星期二，斯宾那齐男爵和前朝的一群大臣联合起来振臂高呼，"露珊尔白万岁，鞑靼的女王万岁！"等口号，他们拥护一个妇人，据说是长得非常漂亮。她的行踪也还可信，确实是充满了神奇色彩。

那人自称露珊尔白，据说，她在15前，曾和一个妇人从树林中乘着神龙牵引的车子出来（这种叙述自然不可信），后来，她被撇落在布龙波丁加的御苑里，当时安琪尔佳公主（她现在已经嫁给鞑靼的王子布尔波了）寻得这个小孩，便大发慈悲心，给这个小流浪儿一个安身之所。她的父母没有人知道，她的衣服很褴褛，自此她就在王宫里当侍女，受了些教育，取名为铂星达。

后来她因为主人的不满，被驱逐出来，身上只穿了她先前被寻得时所穿的一件破外套和一只鞋子。据她所说，她离开布龙波丁加已有一年光景，自从那时候起，便住在斯宾那齐的家里了。就在同一天的早上，帕弗拉哥尼亚国王的侄子吉格略王子也离开布龙波丁加，他是一个年轻人，他的才干，老实说，是毫无可取的，自此之后，就没有人见过他！

"好一个奇特的故事，"吉格略的两个年轻朋友史密斯和琼斯说道。

"啊！这是怎么一回事？"吉格略说着又读了下去：

> 第二版，快信。——据传闻，斯宾那齐的军队已经被霍金那摩公爵所包围，完全溃败，那个自称女王的公主，也已被逮捕到皇城里去了。
>
> 大学新闻。——昨日，大学里的高材生季尔斯先生，曾在校中用拉丁语演讲，深得波斯福洛大学校长普罗那洛的赞赏，赠以大学中最高的荣誉——木匙。

"那些全是胡说八道，"季尔斯很迟疑地说道。到我家里去吧，我的朋友。豪侠的史密斯！无畏的琼斯！我的学友——我的大学同伴——我要说出一件使你们率真的心感到惊愕的事情。

"来吧，老朋友！"急躁的史密斯喊道。

"你讲讲吧！"琼斯说，他是一个很伶俐的青年。

吉格略露出一副无比威严的神情，气氛不再那么随便。"琼斯、史密斯，我的好友，"王子说，"此后我不用再乔装了；我并不是什么季尔斯，我是一个王族的子弟。"

"喔，我知道了，老兄……"琼斯嚷道。他正要说老伙计，但是吉格略的眼睛一闪，便将他的话吓住了。

"朋友，"王子继续说，"我就是那个吉格略，事实上我才是帕弗拉哥尼亚的正式君王。起来，史密斯，不要跪在大街上。琼斯，你是很忠心的！我的奸恶的叔父，趁我年幼时，把我父亲传给我的王冠夺了去，他虽然抚养我，可是一点儿也不加以教导；等到我渐渐长大，懂了些人事，他就用花言巧语来欺蒙我。他说，他要把他的女儿安琪尔佳许配我，使我们俩可以继续为帕弗拉哥尼亚的君主。可是，他的话全是假的，就和安琪尔佳的心一样假！——和安琪尔佳的头发、肤色、门牙一样假！她瞪起她的斜眼，看中了鞑靼的王子，那愚笨的布尔波，她宁愿嫁给他了。因此我就回头来看到了铂星达——即是现在的露珊尔白。我看见了她天真的红晕；少女的端庄；她是我的魂牵梦萦的女神……"

（好，我不再说下去了，这些话虽然很是有趣，却不免过于繁琐；虽然史密斯和琼斯完全不知道那种情形，但我的亲爱的小读者却早已知道了，所以我就接继讲下去。）

王子和他的朋友急忙加速往寓所赶。朋友们听王子优雅而不乏智慧的讲述，都非常兴奋。他们一起跑到他曾经用功读书的房间里去。

在他的写字台上放着他的袋子，那袋子变得很长，王子一眼就看见了它。他跑过去解开袋子，你想他寻得了些什么？

一把华丽的、金柄的长剑，套在红天鹅绒的剑鞘里，鞘外

绣着"露珊尔白万岁！"

他抽出剑，陡然光耀全室，他喊道，"露珊尔白万岁！"史密斯和琼斯也高声应和，这一次是很严肃的，并且跟着王子的节奏。

正在这个时候，他的箱子突然嘭的一声打开，箱中出现一个黄金的冠冕，上面插着三根鸵鸟毛，旁边是一个美丽的耀眼的钢盔、一面护心镜、一对马刺，此外还有一整套的甲胄。

吉格略书架上的书统统不见了。原本放大字典的地方，吉格略的朋友寻着了两双过膝长统靴，每只上各自贴着一张字条，写着，"史密斯大将"，"琼斯骑士"，他们穿在脚上，刚刚好！此外还有战盔、背甲、胸甲、宝剑等东西；在那天晚上，就有三个骑士出现在波斯福洛大学校门边，学校里的门房、职员以及其他一切的人，没有一个能够认出他们就是王子和他的朋友。

他们在马行里买了三匹马，一直骑着，直到到达与鞑靼相接壤的一个小镇上。到了那里，他们的马疲乏了，他们的肚子饿了，于是就停下来到一个旅店里去休息。我要是像有几个作家那样，我可以把这段情节写几章，但是我不喜欢故意卖关子，使你们听得厌烦，所以只是简略地说说，总之一句话，他们在旅店的阳台上要了些面包、奶酪和麦酒来吃。

当他们正在喝酒的时候，忽有一阵鼓乐之声自远而近，街道上塞满了士兵，王子向外一看，认出他们所持的旗帜就是帕弗拉哥尼亚的军旗，他们所奏的曲调是帕弗拉哥尼亚的国歌。

全队的兵士都向旅店走来，当他们走近时，吉格略望着他们的领袖高喊道，"我看见的那个人是谁啊？是的！不是！那是，那是！哦！不对，那不会是！是的！那是我的朋友，我的勇敢的、忠心的海特查夫队长！哙！海特查夫！你不认识你的王子，你的吉格略了么？好将军，我们曾做过朋友。哈哈，将军，我的记忆是对的，我们曾经比过好几次枪棒呢！"

"不错，我们的确比过好几次枪棒，我的主人，"大将说。

"告诉我，这些军队为了些什么事，"王子在阳台上继续说道，"他们到哪里去？"

海特查夫把头垂下了。"我的主人，"他说，"我们去替伟大的鞑靼王帕德拉助战。"

"帕德拉是一个篡逆的君主啊，勇敢的海特查夫！帕德拉是一个暴君啊，忠诚的海特查夫！"王子在阳台上极尽嘲笑地说。

"王子，一个士兵以服从军令为天职，所以我不得不去帮助帕德拉。不过他要是有一天落在我的手里，我不肯放过他的……"

"你不要夸口，你得打量打量你的能力！哈哈，海特查夫！"王子高声道。

吉格略王子发表演讲

"吉格略，从前的帕弗拉哥尼亚王子陛下，"海特查夫的表情开始异样，继续说道。"我的王子，立刻解下你的宝剑，不要做无谓的抵抗，投降吧。你瞧！我们这里有三万个弟兄对你一个！"

"解下我的宝剑！吉格略会交出他的宝剑？"王子喊道；同时他又在阳台上向前踏出了一步，事先毫无准备地演说了一大篇严正的话，谁也不能对它有所批评。他的语句尽是一些无韵诗①（每每他读起这种诗句时，尤其显出他威严的身份）。他足足说了三天三夜，在此期间，听的人没有一个觉得疲倦，也没有一个人留心到天亮和天黑。每当王子演说了9小时后，便停下来吃一只橘子润喉，这橘子是琼斯从袋子里拿出来的，此时兵士们都猛烈地欢呼着。他用那种我们表达不出的词句来说明他以前的行踪，他决心不但不解去他的宝剑，还要夺回他应得的王冠；在这巨大的努力之下，卫队长海特查夫便脱下铜盔，高声地呼喊道，"万岁！万岁！吉格略国王万岁！"

这些便是他在大学中专心学习的结果！

当欢呼停下来时，他们就买了许多的酒来赏给兵士们畅饮，并且殷勤劝酒！在席间，王子得到了一个惊人的消息，因为

---

① 无韵诗（blank verse），英语格律诗的一种，每行用5个长短格音步——10个音节组成，每首行数不拘，不押韵。著名的莎士比亚戏剧即是用这个文体写成。

海特查夫说他的军队，只是帕弗拉哥尼亚军的先锋，现在正赶去帮助帕德拉。另一支主力军不久将在布尔波王子的指挥下出发。

"我们将要等在这里，老友，先打败了这王子，"吉格略说，"然后再去吓走他的父王。"

第十五章 再说到露珊尔白

帕德拉和我们前面提到的各个王子一样，一看见露珊尔白就爱上了她，并向她求婚。他是一个鳏夫，希望立刻和他的女囚结婚，但是她依旧委婉地拒绝他的提议，说吉格略王子才是她的情人，她不可能和其他任何一个人结婚。这暴躁的国王觉得哀哭恳求没有用，就用残酷的刑罚来威迫她；但是她立誓宁愿忍受这些苦楚，万不肯与杀父的仇人结为夫妇。帕德拉没法，只好愤愤地将她辱骂了一顿，叫她准备在第二天早上就去死。

国王终夜打算怎样处置这个固执的少女。杀头让她死得太便宜了；绞刑在他王国中已经用得太多，使他有些厌烦；最后，他记起不久前别人献来了一对凶猛的狮子，他决定用可怜的露珊尔白去喂这两只狞恶的野兽。在他城堡的近旁，有一个圆形的大斗兽场，从前布尔波王子常常在这里做"嗾狗逗公牛"①、"猫捉老鼠"以及其他各种残忍的游戏。这两只狮子就关在此地的一个笼子里；它们咆哮的声音响得全城中的人都可以听得到。这一天城中的居民都接踵摩肩地赶来看这两只野兽咬死一个年轻的贵妇。

国王高居在御席中，四周站着朝中的官员，霍金那摩伯爵坐在旁边，国王恶狠狠地瞪视着这位伯爵；原来王家密探已把霍金那摩的行为告诉了国王，说他如何向露珊尔白求婚和如何提议夺回王冠。因此，当他们一同坐在剧场的前排，静待着可怜的露珊尔白所主演的那场悲剧开始时，帕德拉王面色阴森地盯着这个高傲的贵族。

后来，露珊尔白终于被人带出来了，她身上穿着睡衣，一头美丽的秀发披散在背上，她的姿态看去非常迷人，就连这几个护卫兵和驯兽人见了，也为她伤心落泪。她轻轻地移动她荏弱的小脚（幸亏场上还铺着木屑），跑去倚在剧场中央的一块大石头旁边，一众的朝臣和观众，都围在四周的厢厅里。各个厢厅前都

---

① 嗾狗逗公牛，使牛发怒的游戏。

装着栏杆，因为他们害怕这两只巨大、凶猛、红鬃、黑颈、长尾、咆哮、怒吼、奔扑的狮子。笼门开了，只听见豁剌剌的一声，两只巨大、消瘦、饥饿、咆哮的狮子，从笼里冲了出来，它们在这里已经被关了三个多星期，平常没有什么东西吃，只喝一些儿麦包汤，现在它们就径直冲到这可怜的露珊尔白所倚的大石头边。所有和善的人们啊，大家快来祈祷让上天保佑她吧，因为她陷在恐怖的绝境中了。满场响起嘈杂的声音，连暴戾的帕德拉王也起了一丝怜悯。但是坐在国王旁边的霍金那摩伯爵却厉色喝道，"好！活该！"因为那个贵族还在愤恨露珊尔白拒绝了他的要求。

但是稀奇啊！诧异啊！古怪啊！我敢断定，这事你们中没

有一个能猜得到的！当狮子跑近露珊尔白的时候，不仅不用它们的巨齿将她咬个粉碎，反而不住地亲她！它们舐她的秀足，它们嗅她的双膝，它们呜呜地叫着，似乎在说，"亲爱的，亲爱的姐姐，你不记得你在树林中的小兄弟吗？"于是她伸出她雪白的秀臂来挽着它们的黄色颈项，并且同它们亲吻了好几次。

帕德拉国王极为震惊。霍金那摩伯爵则显出十分厌恶的表情。"唉！"伯爵喊道，"骗人！"他又直嚷道，"这两只狮子是从什么动物园里找来的驯兽啊。把人这样的戏弄，简直是奇耻。我猜它们是几个小孩子用门帘装扮成的。它们全然不是狮子。"

"哈！"国王说，"你敢说你的国君'骗人'吗？这两只狮子全然是假的吗？好，好，我的驯兽人！好！我的卫兵！把这个伯爵拿下，抛到围场里！给他一把剑和一个盾，让他穿上甲胄，放下望远镜，去和狮子决斗。"

倨傲的霍金那摩放下了望远镜，满脸怒容地环视着国王和他的侍臣。"不要碰我，走狗们！"他说，"不然我就一剑刺死你们！陛下以为霍金那摩会害怕吗？哼，就是一万只狮子我也不怕。跟我到围场里去，帕德拉国王，你自己也去抵挡一只野兽。你不敢，那么让我一个人来抵挡吧！"

于是他打开厢厅的铁栏，轻轻地跳进围场。

豁刺豁刺豁刺豁刺刺刺！

一刹那，霍金那摩伯爵便被这对狮子连骨带鞋一齐吞下，将他送去了西方极乐世界。

国王看见了便说道，"活该，这反叛的匪徒！现在，那对狮子既然不肯吃那个少妇……"

"释放她吧——释放她吧！"群众呼喊道。

"呸！"国王怒喝道，"让驯兽人跑进去将她砍成肉泥。要是狮子保护她，就叫弓箭手把它们射死。那个贱女人必须得处死！"

"啊啊！"群众狂呼道，"不要脸，不要脸！"

"谁敢喊不要脸？"残暴的国王喊道（你看暴横的人是如此不能抑制他们的情绪），"哪一个混账东西说了一个字，就将他抛给狮子吃！"

于是全场死一般的静寂，但不久就给一个乒乒乓乓的声音冲破了；一个骑士和一个传令官骑着马跑进围场的一端。武士身穿甲胄，头戴铜盔，在他的枪尖上刻着一个字母。

"哈！"国王高呼道，"是大象和城堡的图案，这是我帕弗拉哥尼亚的王兄的纹章啊；而这个骑士我记得就是勇敢的海特查夫大将啊！帕弗拉哥尼亚有什么消息，勇敢的海特查夫？传令官，真对不起，你吹号吹得很口渴了吧，你想喝点什么东西？"

"请原谅先生，"海特查夫大将说，"让我们先宣布了王命，再喝什么东西吧。"

"先生，哈哈！"鞑靼国王皱眉说，"这样的称呼在一个在位的国王的耳朵里听起来怪不自在。好，你们爽快地说出你们带来的消息吧，骑士和传令官！"

海特查夫从从容容地把他的战马牵定在国王的楼廊底下，然后转过身来对着传令官，叫他宣读。

传令官把号筒挂在肩上，从帽子里拿出一张大纸，朗诵道："尔等须知，我们帕弗拉哥尼亚的国王，卡帕多奇的大公爵，土耳其与索赛奇岛的元首，吉格略，今已将僭称帕弗拉哥尼亚国王多时的篡逆的叔父放逐，继承了应得的王位和尊号……"

"嘿！"帕德拉咆哮道。

"……兹特传令自称鞑靼国王的逆贼帕德拉……"

国王听到这里，心里恼怒极了。"读下去，传令官！"勇猛的海特查夫说。

"……快把他所囚禁的贵妇：鞑靼正统的女王露珊尔白释放，奉她即位；要是违抗这个命令，我吉格略决不饶赦这个小人、逆贼、骗子、乱臣、懦夫帕德拉。我将向他挑战，不论是用空拳或手枪，用斧头或刀剑，用火铳或棒棍，单打或率众，徒步或骑马；我将要在他这万恶的臭皮囊上证明我的话。"

"天佑吾王！"海特查夫大将骑着马行了庄严的叩拜大礼。

"就这些吗？"帕德拉抑制着盛怒，故作镇静地说。

"先生，我王的命令就是这些，这是国王亲笔签字的公函，要是鞑靼有人敢挑他的错，我古塔索夫·海特查夫将替他出力，"说着他挥了挥他的长枪，向集聚的人群中一望。

"那么我帕弗拉哥尼亚的王兄对于这次变乱怎么说呢？"国王问道。

"国王的叔父已被剥夺了他僭戴的王冠，"海特查夫严肃地说，"他和他的首相格伦布索现今被拘在牢狱里，只待主上的审判。在彭巴达洛一战……"

"在什么？"帕德拉吃惊地问道。

"在彭巴达洛一战，我主上非常勇敢，除了布尔波王子逃脱外，他叔父所有的军队，全部都投降了我们。"

"啊！我的孩子，我的孩子，我的布尔波并不是叛徒哟！"帕德拉喊道。

"布尔波王子非但不肯投降，反而逃走了，先生；可是我捉住了他。王子做了我们军队的一个囚房了，要是露珊尔白公主伤了一根毫毛，最可怕的刑罚就在等待着布尔波。"

"真的吗？"火星直冒的帕德拉狂喊道，他的脸色现在愤怒得完全发青。"真是这样吗？该死的布尔波。我有20个和布尔波一样可爱的儿子。有资格统治王国的不只是布尔波一个人。随便你们想怎么处置他！虽然布尔波是我眼中的喜悦，灵魂的财富，哈，哈，哈，哈！然而复仇却更让人兴奋。嘿！刑官，点火把铁钳烧热！熔一锅滚沸的铅！——把露珊尔白带到这里！"

第十六章　海特查夫回禀吉格略王

当帕德拉王下达这个残忍的命令时，海特查夫大将已经把主人所交托的公事办妥离开了。自然，他非常为露珊尔白担心，但是他有什么法子好想呢？

他回到吉格略王的营里，看见这年轻的国王在帐中吸着雪茄，思绪不安。他的心烦意乱，并没有因他的公使所带来的消息而平息。"这个残忍暴戾的无赖！"吉格略嚷道，"有句诗说得好，'妾意每随憨笑转，若凭强暴不英雄。'海特查夫，你说是不是？"

"可不是吗，陛下，"海特查夫道。

"你可曾看见她被抛到锅里去，海特查夫？这个最美丽的女子已惨死了吗？"

"我的主人，我没有心思来看一个美丽的女子被活活煮死；我只是把你的命令带给帕德拉，而把他的传给你。我告诉他你将要把布尔波王子作为交换。他说他有20个和布尔波一样好的儿子，说了他就吩咐残忍的刑官动手行刑。"

"啊，残忍的父亲——喔，不幸的儿子！"国王喊道。

"嗨，你们几个人去把布尔波王子带到这里来。"

布尔波被锁着链子带进来，看上去非常不安。他虽然身为囚虏，却还快乐自得，也许因为一切的战事已经过去，他的心宁静了；当国王召他时，他正和他的卫兵们在玩弹球。

"喔，我可怜的布尔波，"国王用无限地同情说，"你没有听见那个消息吗？" "你暴戾的父亲，将露珊尔白定了罪，他要把——把——把她处死，布——布——布尔波王子！"

"什么，杀死铂星达！哦哦哦！"布尔波喊道，"铂星达！美丽的铂星达！可爱的铂星达！她是世界上最美丽的小姑娘。我爱她远胜于爱安琪尔佳，"他又很真诚和恳切地述说他的悲痛。国王听了，很是动情，便握着布尔波的手，说，恨不得早早结识了布尔波。

可怜的布尔波准备受死刑

　　布尔波下意识地请求坐在国王的旁边，吸一支雪茄，并设法安慰他。国王就给了布尔波一支雪茄，据他说，他自从被囚禁之后，一支烟都没有吸过呢。

　　当这最仁慈的国王向他的囚犯说，因为帕德拉王对露珊尔白的残忍和卑怯的行为，布尔波王子就得立刻受死刑的时候，国王是怎样地感受啊？尊贵的吉格略，和兵士官员们忍不住落下泪来，连布尔波自己听了这件事，也非常感伤，他知道国王的话是无可更改的，必须服从。因此可怜的布尔波便被带了出来，海特查夫找话来安慰他，说他如果在彭巴达洛之战取得胜利，他也早已把吉格略王子绞死了。"是咯！但是这些话现在不能够安慰我了！"可怜的布尔波说。

　　行刑的时间是在第二天早上8点钟，所以布尔波又被带回牢狱，在那里什么东西都替他准备好了。典狱官的妻子送茶给他喝，狱卒的女儿请他在她的人名录上写下名字，在那本簿子上，许多有相同遭遇的人都曾写过。"写什么名字！"布尔波说。司殡员来量他的身体，要替他办一具用金钱所能买得到的最漂亮的棺材：即使这事也不能够安慰布尔波。厨子烧了几样他以前最爱吃的佳肴，但是他尝也不尝；他坐下来写一封诀别的信给安琪尔佳；钟声不住地滴答响着，时针已走近次日的晨间了。理发师当夜进来，准备明天替他剃头。布尔波王子却将他一脚踢开，继

续写信给安琪尔佳，钟声不住地滴答响着，时针更移近次日的晨间了。他把一个帽盒放在一把椅子上，把椅子放在床上，把床放在桌子上，然后站上去向外张望，看看能否逃出去；钟声不住地滴答响着，时针走得更近了。

但是，从窗子里望出去是一回事，从窗子里跳出去却又是另一回事。镇上的大钟已敲了7下，于是他跳到床上睡了一会儿，典狱官来叫醒他，"请你起身吧，殿下，已是7点52分了。"

于是可怜的布尔波坐起身来：他穿着衣服睡的（真是个懒家伙），现在他只把身体摇一摇，说他已没有心思来穿衣和吃饭，一切都谢谢。说着，他看见兵士们进来了。"领路吧！"他说；于是他们在前面领路，心里很是感伤。他们走进宫廷，走到庭心，吉格略王出来和他告别，很友好地握了握他的手，接着，这队伍又向前出发了：

豁——豁剌——豁剌——豁剌！

只听见一阵野兽的叫吼声传来。有人骑着狮子跑进这个城市，把儿童们甚至教吏和警察都吓跑了，那个人便是露珊尔白。

原来，当海特查夫大将跑进鞑靼的朝中和帕德拉王谈论的时候，狮子突然冲出笼门，立刻把6个驯兽人一齐吃掉，然后，

一只狮子把露珊尔白驮在背上跑走了，来到了吉格略王子的军队所驻扎的城市里。

国王听说女王驾临，你可想想他是如何从餐室中冲出去将女王扶下狮子！这对狮子吃了霍金那摩和所有的驯兽人以后，现在肥壮得和猪一样，并且性情柔顺，不论什么人都可以抚摩它们。

当吉格略非常殷勤地跑着去扶公主的时候，布尔波也奔过来吻这只狮子。他举臂环抱住这只兽王，狂笑和狂喊，"喔，你可爱的野兽，喔，亲爱的，亲爱的柏星——露珊尔白，我遇见你是多么高兴啊！"

　　"是你么？可怜的布尔波！"女王说，"喔，我遇见你也很高兴啊！"说着伸出她的手来让他亲吻。吉格略王和善地拍着他的背说道，"布尔波，我替你高兴，因为女王已经回来了。"

　　"我也很高兴，"布尔波说，"你知道为的什么吧。"海特查夫大将跑来了，"陛下，已经8点半了，我们要行刑么？"

"行刑！为什么？"布尔波问。

"一个军人只知服从命令，"海特查夫拿出他的公文回答说，于是吉格略王微笑地说道，"布尔波王子这回可以赦免了，"并且很殷勤地请他去用早餐。

第十七章　一场决定胜负的恶战

——

帕德拉国王听说他的俘虏可爱的露珊尔白已经逃走，极为震怒，他把司法大臣、御前大臣以及他眼前所能看见的每个官吏，都抛在预备烹公主的煮沸的锅子里，然后召集了他全部的军队，骑兵、步兵和炮兵，一同出发；在这无数的军士前面，我想总有两万个鼓手、号手和笛手呢。

吉格略王的先锋部队，是骁勇善战的，所以他对于这事，一点也不觉得惶恐。他非但不把战事迫近的消息告知公主，反而竭力去承欢她，使她开心；请她吃最精美的早餐、午膳和点心，又为她在那晚举行一次舞会，与她跳每一支舞。

可怜的布尔波现在又受爱宠了，并且行动自由了。他穿着御赐的新衣，国王称他为御弟，每个人都非常地尊重他。但是不难明白，他是十分孤寂的。露珊尔白穿上了精美的衣服，越发迷人，使可怜的布尔波又狂热地爱着她。他从没有想起过留在家里的安琪尔佳，即现在的布尔波公主，而据我们所知，她也不十分关心他。

当国王和露珊尔白跳舞时，他诧异地注意到她所戴的指环；于是露珊尔白讲述了她如何从格罗方纳那里得到它。至于格罗方纳之所以有这指环，那一定是在安琪尔佳掷去后拾来的。

"是啊，"黑杖仙女说道，那时候她来探望这几个年轻人，证实了每个人的神奇经历。"那个指环我首先赠给了王后，就是吉格略母亲，请恕我直言，她真是一个不很聪明的妇人；这个指环是有魔力的，谁戴了它，就可以在别人的眼里变得十分美丽。我又把一朵玫瑰花送给可怜的布尔波，却被他送给了安琪尔佳，于是安琪尔佳立刻看上去又美丽了，而布尔波却回复了他本来的丑相。"

"我说，露珊尔白用不着什么指环，"吉格略鞠躬说道，"在我的眼里，她就是没有魔力的帮助也够美丽了。"

"不要取笑吧！"露珊尔白说。

"把它取下来试试看，"国王说着，便坚决地把这指环从她手指上捋下。在他的眼里，她和以前一样地漂亮！

国王正在想把指环扔掉，因为它是一件很危险的物品，使所有的人都为露珊尔白而神魂颠倒；但是他是个很有趣很幽默的王子，所以他就对那个面露愁容的可怜少年望了一眼，并且又说道——

"布尔波，我可怜的孩子，跑来戴戴这指环。露珊尔白送你一件礼物。"

这个神奇的指环，非常厉害。布尔波一戴上，你看，他就变成一个端庄文雅的少年王子了——生着漂亮的容貌，柔美而坚韧的头发；虽然他依旧矮胖，还有一双弯腿，不过他腿上穿着一双华丽的长统靴，所以没有人会注意到它们。布尔波照一照镜子，他几乎立刻振作起来，他和国王很活泼很娴雅地谈着话，又在女王面前和一个最美丽的侍女跳舞，他望了望女王陛下便忍不住说道——

"很奇怪啊！她固然很美丽，可是也不是特别地漂亮啊！"

"喔，你瞎说！"侍女道。

"那有什么要紧呢，亲爱的，"女王听见了他们的话，便对吉格略说道，"只要你认为我够好看就行了。"

国王没有用言语来回应，只是偷偷一瞥，这场景是没有一个画家能够描绘出来的。

于是黑杖仙女说道，"祝福你们，可爱的孩子。现在你们是和睦快乐的；现在你们想想我先前所说的话吧，稍微的不幸，已使你们大家都得益了。你，吉格略，要是你过去一切顺利，恐怕至今还不曾学会读书和写字——你早就懒惰放浪，不能像现在这样做一个贤明的国王了。你，露珊尔白，要是你一出生就养尊处优，恐怕你的小脑袋已变得和安琪尔佳的一样，以为自己太优秀，嫁给吉格略不值得。"

"好像无论什么人都不屑嫁给他似的，"露珊尔白喊道。

"喔，你，你这可爱的小宝贝！"吉格略说。她真是可爱呢。当她正要伸手去拥抱他时，一个探子突然跑进来报告，"我的主人，敌人到了！"

"武装起来！"吉格略喊道。

"喔，天啊！"露珊尔白说着，立刻昏了过去。

他往她的唇上亲吻了一下，就匆匆奔赴战场了！

仙女曾经给吉格略王一套甲胄，不但饰满珍珠宝贝，看了令人目炫，还有避去火水、枪炮、刀剑的神力。因此在激战中，国王还是安坐在马背上，平静异常。如果我要去替国家征战，我总要有一套像吉格略王子所穿的甲胄呢；但是，读者须知道，他是一个童话里的王子，他们常常会有这种奇异的东西的。

除了这神奇的甲胄，王子还有一匹有神力的马，它可以以王子所需的任何速度行走；更有一把宝剑，它能变得很长，把一整队的敌人统统刺死。他拿好了武器，就传令集结军队；不久他们都齐集了，穿着庄严的新制服；海特查夫和王子的两个同学各自统率了一支军队，他自己则骑马昂首阔步地走在他们的前面。

啊！要是我有大文学家的文采，我亲爱的小朋友，我现在不就能把恢宏的战争场面告诉你们了吗？譬如刀来剑去，救护伤亡，利箭遮蔽了天空，炮弹爆炸在军队之间，骑兵攻击步兵，步兵侵袭骑兵。号角齐鸣，战鼓急擂，战马嘶，军笛响，兵士呐喊、咒骂、冲锋；军官们狂呼着"冲上去，弟兄们！""这里，伙计！""痛击他们，孩子们！""为吉格略王和正义而战！""帕德拉王万岁！"可是我这支秃笔，却没有描写战争所必需的技巧。总之，帕德拉王的军队是完全覆没了。

至于那个篡逆的国王、蛮横的帕德拉王呢，当他看见了他的军队都慌忙逃走，他自己也跟着逃走了，他把他的大将甫奇可夫王子从鞍辔上一脚踢下，亲自对着他放了二十五六颗子弹，可是都没有命中。然后跨上大将的战马奔驰而去。海特查夫跑来，看见甫奇可夫倒在地上，你可以想见，自然很快地就将他收拾了。

那个时候，帕德拉王正在拼命地逃走。他逃得虽快，但是还有人比他奔驰得更快，这个人就是吉格略王子，他高声喝道，

"停住，坏蛋！转过身来，坏蛋，你得留点心！站住，暴君、懦夫、恶棍、昏王，让我从你这篡逆的肩膀上取下这颗丑陋的头！"

他说着就举起了伸缩自如的宝剑，往帕德拉的背上乱刺，使那个暴君痛得狂叫起来。

当帕德拉走投无路时，他便回转身来，用他的战斧，对准了吉格略王的头，狠命地砍了一斧。帕德拉的战斧是一件最厉害不过的武器，在这场战争中，真不知道曾杀死了多少兵士。但是，这回却不同了！虽然这一斧确是砍在吉格略的铁盔上；可是它的力量却像是帕德拉用一块豆腐来打他一样；战斧依旧弹回到帕德拉手里。吉格略王看见那个残暴的篡逆者无力的挣扎，不禁向他轻蔑地笑着。

这一斧的失败，鞑靼王便泄了气。

"你既然骑着仙马，穿着仙甲，"他对吉格略说，"那么我劈你还有什么用呢？我还是束手就擒的好，现在可怜的我再没有抵抗能力了，我想陛下你决不会卑鄙地打我吧？"

帕德拉的话，触动了豪爽的吉格略。"你情愿屈服做一个俘虏吗？"他说。

"那是当然咯，"帕德拉道。

"你可承认露珊尔白为正统的女王，并且把你的王冠和你所有的宝库还给真正的女主人？"

"你一定要我这样，那我也没有法子好想，"帕德拉说。他的心里当然是极愤懑的。

在那个时候，吉格略的副官已经赶到，他奉命捆绑了这个囚徒。他们将他的双手反绑，把他的两腿紧紧地缚住在马身底下，头向马尾；他就这个样子被带回吉格略王驻扎的地方，抛在年轻的布尔波曾被囚禁过的同一间牢狱里。

现在这倒霉的帕德拉，已和从前戴着辁軵王冠的骄傲的帕德拉截然不同了，他很慈爱很急切地想看看他的儿子——他最长的爱儿——他宠爱的布尔波；而那个柔和的少年，倒也不责怪他傲慢的父亲前天竟毫无怜惜地让他被枪杀，他仍旧跑来探望他；牢狱里是不准进去的，所以他只好隔着门上的栅栏和他说话，并拿些三明治给他。原来吉格略因为要纪念这次光荣的胜利，就在楼上举行了一次盛大的宴会，而这些三明治，便是他从那里拿来的。

"我不能和你长谈了，爸爸，"布尔波把三明治递给他的父亲说，那时候他身上穿着最好的衣服，"我要去和露珊尔白陛下跳舞，我已听见他们在拉提琴了。"

当布尔波回到舞厅，而这不幸的帕德拉便在静寂和流泪中吃着他孤独的晚餐。

凡是吉格略王这方的人，现在都很是欢快。跳舞吧，聚餐吧，玩笑嬉戏吧，悬灯结彩吧，真是闹得不亦乐乎。他们所路过的村庄里的人民，都奉命于夜间在门前悬结彩灯，于日间在路上遍撒鲜花。他们又遵从军队的要求（读者须知道军队是不喜欢人家拒绝的）供给丰盛的酒食；说起军队，他们现在是很富足了，因为他们在帕德拉的营帐里搜得了无数的赃物；至于那些败兵呢，他们投降之后，也被允许结盟作为友军了，因此这联合军队很顺利地开向吉格略王的京都，他和露珊尔白女王的军旗，飘扬在军队的前面。海特查夫做了公爵和大元帅。史密斯和琼斯都升做伯爵。鞑靼的南瓜勋章和帕弗拉哥尼亚的黄瓜勋章，各由他们的主上在军队中从优赐授。露珊尔白女王在她的骑装上佩着那大南瓜勋章。当他们并骑路过的时候，百姓们高声欢呼啊！他们被称为空前的最美丽的配偶，他们确是十分美丽的，他们真的非常的幸福！他们整天形影不离，无论早餐、午膳、晚饭，常常在一块儿吃，就是骑马也并骑的，他们互相赞颂对方，恣意地畅谈着一切的事。夜间，女王陛下的侍女就跑来引导她到为她准备的房间里去；而吉格略王呢，被他的臣下簇拥着，退回到自己的营部里去了。他们已经商量好，到了京都，便立刻结婚，所以就下令布龙波丁加的大主教，叫他准备举行这场快乐的婚礼。大主教接到命令，就指导海特查夫公爵把王宫大大地修葺和刷新了一番。公爵抓住了罢职的前首相格伦布索，叫这个老奸臣把以前从已故国王宝库里私偷的一大笔钱，统统偿还。同时，他又把瓦拉罗索逮捕关在牢狱里（他当时已退位许久了）。这废王无力反抗，海特查夫对他说，"先生，一个军人是只知道责任的，我奉命来把你和废王帕德拉关在一起，现在帕德拉已经由我押解到这里来

了。"因此这两个废王便一齐被送到感化院里去，为期一年，从此他们不得不变成刻苦的修道士，斋戒、守夜、自省。他们时常互相婉言相劝，这显然是他们对于过去的错误和罪恶的一种忏悔啊！

至于格伦布索呢，那个坏东西已被送到远航的船上去做船夫，永没有机会来再偷东西了。

第十八章　旋凯回京

　　黑杖仙女自从使这年轻的国王和王后复位以后，总时常来拜会他们——当他们正凯旋回京的时候，她就将她的魔杖变成一只小马，跟在他们旁边，给他们许多最好的劝告。我的确不知道吉格略王是否重视仙女和她的忠告，而妄以夺回王位征服帕德拉为他自己的勇敢和功绩；但是我恐怕他对他的老朋友和女恩人总是很神气的。仙女劝他待百姓必须公正，征赋税必须宽仁，说出了话不可反悔——以及一切关于做一个贤明的君主所应做的事。

　　"一个贤明的君主，我亲爱的仙女！"露珊尔白嚷道，

"他当然要做一个贤明的君主。反悔！你想我的吉格略应该不会这么做的，这不像他的作风。不会的，绝对不会的！"说着她喜悦地望着吉格略，在她看来，他就是完美的。

"为什么黑杖仙女时常来劝导我，叫我怎样治理国事，和警告我要守约呢？她认为我不是一个有分寸的人，一个高贵的人吗？"吉格略暴躁地问道。"我看她居功自傲。"

"嘿！亲爱的吉格略，"露珊尔白说。"你得明白，黑杖仙女待我们很好的，我们不可以冒犯她。"但是黑杖仙女没有听到吉格略不耐烦的抱怨，她已落在后面，现在正赶上来，布尔波先生在旁边——布尔波骑着一头驴子，他的天真、和气与滑稽，使军队中每一个人都喜欢他。他很渴望看到他宝贝的安琪尔佳。他想，世界上再没有这样迷人的东西。黑杖仙女并不告诉他这是因为仙玫瑰使安琪尔佳在他的眼里显得非常可爱。她带给他关于他妻子的最新消息，的确，安琪尔佳自从遭遇不幸和屈辱之后，她的性情已变得很好了。你想，黑杖仙女骑在她的木杖上飞去，每分钟走百来里路，并且立刻回来，把消息从布尔波带给安琪尔佳，又从安琪尔佳带给布尔波，以安慰这少年长途中的寂寞。

当这群人到了布龙波丁加城外最近的驿站时，有人和侍女在车子里等待着，那便是安琪尔佳公主。她连停下来向国王和女王行礼都来不及，直奔到她丈夫的怀里。她的眼睛只看得见布尔波，因为他戴着仙指环的缘故，使她见了觉得十分可爱；至于她自己呢，也因为帽边上插着仙玫瑰的缘故，使狂喜的布尔波觉得她异常地美丽。

一桌丰盛的点心，准备来给这一群贵人们充饥，主教、法官、海特查夫公爵、格罗方纳伯爵夫人等所有人都来相陪。黑杖仙女坐在吉格略王子的左边，黑杖仙女的旁边便坐着布尔波和安琪尔佳，你可以听见满城响着的钟声，和老百姓们为尊崇他们的君主而燃放的花炮。

"为什么这个丑陋的老格罗方纳穿得这样奇怪？是你叫她做你的傧相吗？"吉格略对露珊尔白说。"老格罗真是个有趣的人物！"

格罗方纳坐在国王对面，主教与法官的中间，她确是个有趣的人物，因为她穿着一身浅白色的绸衣，四周统统镶着花边，她的假发上戴着一个花圈，脸上罩着一个花边的面网，而她枯黄的头颈上满悬着宝石。她还向国王抛媚眼，使吉格略王忍不住笑起来。

"11点！" 吉格略听到布龙波丁加大教堂的钟声敲了11下，便喊道。"诸位，我们必须动身了。主教，我想12点以前必须到教堂吧？"

"我们须在12点以前到教堂，"格罗方纳懒懒地说着，把她的老脸躲在扇子背后。

"我将是我国中最快活的人了，"吉格略叫道，同时他翩然向羞答答的露珊尔白点了点头。

"喔，我的吉格略！喔，我亲爱的君王！"格罗方纳感叹道，"这个快乐的日子已经来到！……"

"自然略，这个日子是已经来到了，"国王说。

"而我要做我平生所钦仰的吉格略的新娘了！"格罗方纳继续说，"谁借我一个鼻烟壶。我快乐地就要晕倒了。"

"你做我的新娘？"吉格略狂喊道。

"你嫁给我的王子？"可怜的小露珊尔白惊叫道。

"哈！岂有此理！这妇人是发疯了！"国王叫喊道。所有朝臣都露出各式各样的态度和神色，有的惊讶、有的嘲笑、有的怀疑、有的诧异。

"我倒要问问，去结婚的不是我，将是谁呢？"格罗方纳尖声地说。"我倒要看看吉格略王是不是个大丈夫，在帕弗拉哥尼亚可有公道这东西？大法官！大主教！你们都坐视一个孤苦、慈爱、信实、荏弱的妇人被人家欺侮吗？吉格略王子不曾答应娶他的巴巴拉吗？这不是吉格略的签字吗？这纸上不是说他是我的，只是我的吗？"说着她就把在她戴着仙指环，吉格略喝醉了酒的那晚，王子所签下的字据递给大主教。于是老主教戴上了他的眼镜，读道：

"帕弗拉哥尼亚国王萨维奥的独生子吉格略，今承诺娶已故詹金斯·格罗方纳先生的寡妇，迷人的高洁的巴巴拉·格立塞尔达·格罗方纳伯爵夫人为妻，特立此存证。"

"咦，"主教说，"这确是一张……一张字据。"

"呸！"大法官道，"这签字不是陛下的亲笔。"

的确，自从吉格略在波斯福洛专心读书以后，他的书法已有很大的进步了。

"这是你的亲笔吗，吉格略？"黑杖仙女态度严肃地喊道。

"是——是——是的，"可怜的吉格略喘着粗气说，"这讨厌的纸条我早已忘记了：她不能够用它来要挟我。你这老混蛋，你肯不肯放我自由？嗨嗨，谁来照料照料女王——她晕倒了。"

"砍掉她的脑袋！"
"闷死这老丑妇！"　　这暴躁的海特查夫，
"把她抛进水里！"　　愤怒的史密斯和忠心
　　　　　　　　　的琼斯齐声呼喊道。

但是格罗方纳抱着主教的头颈，喊道，"公道，公道，我的大法官！"她尖锐的声音，把每个人都吓呆了。至于露珊尔白呢，她已毫无生气地被她的侍女扶走了；你可以想到吉格略何等悲痛地向着那可爱的人儿一望啊！因为他的希望、他的欢欣、他的宝贝、他的一切一切，从此都没了，这可怕的老格罗方纳要到他的身旁来占据她的位置，并且一再尖声地喊道，"公道，公道！"

"你要格伦布索私藏的那笔钱吗？"吉格略说，"约有2180亿镑。这是很大的一笔数目呢！"

"那笔钱，我要；你，我也要！"格罗方纳说。

"让我拿国库里的珍宝来做交换吧！"吉格略喘息地说道。

"我要把它们戴着偎在我吉格略的旁边！"格罗方纳说。

"把我半个，四分之三个，六分之五个，二十分之十九个王国给你行不行，伯爵夫人？"国王颤抖地问道。

"要是没有了你，我的吉格略，就是全地球对于我有什么意义呢？"格罗喊着吻了吻他的手。

"我不愿，我不能，我不肯，——我要放弃我的王冠。"吉格略吼道，撇开她的手，但是格罗紧紧地握住它。

"我是很容易满足的，我的爱人，"她说，"只要有了你和一间草屋，你的巴巴拉便很快活了。"

吉格略这时候差不多气得发狂了。"我不愿娶她，"他说，"喔，仙女，仙女，请你替我出个主意啊！"他仔细凝视着黑杖仙女的严肃的面孔。

"'为什么黑杖仙女时常来劝导我，警告我要守约呢？她以为我不是一个高贵的人吗？'"仙女重复着吉格略曾经高傲地说过的话。他一望见她犀利的目光，不由得局促起来，他觉得他无法逃避这威严的审判。

"好吧，主教，"他鞠了个躬，带着可怕的声调说，"这位女王既然带领我到幸福的极峰，却又把我投到失望的深渊，既然我要失去露珊尔白，索性就让我保住我的名誉吧。起来，伯爵夫人，我们结婚去吧；我能够实践我的誓言，但我事后可以自杀的。"

"喔，亲爱的吉格略，"格罗方纳跳起来喊道，"我知道，我知道，我能够相信你——我知道我的王子是个重信义的人。大家上车，各位老爷太太们，我们立刻到教堂去；至于自杀，亲爱的吉格略，这个万万使不得：——你必须忘记那个毫无可取的小侍女——你必须活着接受你巴巴拉的安慰！她希望做个王后。不要做个太后，我仁慈的主！"于是这个老太婆扭住了可怜的吉格略的臂膊，望着他瞟眼狞笑，做出种种可厌的神情，一面移动她白色的缎鞋，跳进那预备迎接吉格略和露珊尔白到教堂去的车子。

　　礼炮响起，钟声接连地响着，百姓跑出来把鲜花撒布在国王新夫妇所经过的路上，格罗方纳从金色的车子里望出去，点着头向他们狞笑。吓！这丑陋的老太婆!

第十九章　童话结束

　　自从生活中经过几次巨大的变动之后，露珊尔白公主的意志已经锻炼得异常坚强，因此当黑杖仙女用袋子里所常带的一种珍奇香气让她闻嗅时，这位以道义为重的少妇便立即苏醒了。

　　露珊尔白知道，她自己应该向她的人民做出一种刚毅的表率，所以她不能像别的少妇那样拉头发、痛叫悲啼，还几次三番晕过去；她虽是爱吉格略甚于她的生命，可是她告诉仙女，决不去干涉他履行誓言，或是让他自食前言。

　　"我虽然不能嫁给他，但是我将要永远爱他，"她对黑杖仙女说，"我愿意去参加他和伯爵夫人的婚礼，在婚书上签字，并且诚心地祝贺他们快乐。我想，我回到了家乡，总要给这位新王后一些美丽的礼物。鞑靼御用的钻石是异常精美的，这些我都没有什么用处。我愿意终身不嫁，像伊丽莎白女王一样，至于我去世之后，我将要把我的王位让给吉格略。让我们去参加他们的婚礼吧，我亲爱的仙女，让我先去向他告别；然后，要是你们认为可行，我马上要回到我自己的国家去。"

于是仙女非常温柔地吻了露珊尔白，并且立刻把杖儿变成了一辆极舒适的四轮马车，车上坐着一个勇敢的车夫，车后跟着两个体面的仆人。接着，仙女和露珊尔白走进车中，而安琪尔佳和布尔波也随后跑了进来。

这诚实的布尔波看了露珊尔白的不幸，忍不住悲伤地痛哭起来。她感触到这憨厚人的同情，便承诺还给他他父亲帕德拉公爵的封地，并且在车子里，封他为王子殿下和鞑靼王国的大公爵。

车子向前移动，因为这是一辆仙人的车子，所以立刻赶上了这新婚的队伍。

帕弗拉哥尼亚的风俗和别的国度里一样，在教堂中行婚礼之前，新夫妇须立一张婚约，由法官、首相、市长以及朝中其他主要官员签名作证。现在，因为这王宫正在重新漆刷布置，所以没法用来接待国王和他的新娘，因此国王提议，先去王子的宫里暂时居住，这宫是瓦拉罗索未篡位前，安琪尔佳出生时的住所。

于是这参与婚礼的队伍到了宫前，许多贵族们走出车子，站在一旁：可怜的露珊尔白由布尔波扶着跨下车子，倚立在铁栏边想最后望一望她亲爱的吉格略，神气沮丧，差不多要晕倒的样子。至于黑杖仙女呢，她照老例已经神出鬼没地从车窗中闪出，站在了宫殿的门边。

吉格略挽着他可怕的新娘，走上石阶来，面色惨白，看去好像他是在被行刑的样子。他只是向黑杖仙女皱眉蹙额——他很恼怒她，以为她是来嘲笑他的不幸。

"请你走开些，"格罗方纳高傲地说，"我真不懂你为什么常常要去干预别人家的事情？"

"你决意要剥夺这个可怜的少年的幸福吗？"黑杖仙女说道。

"嫁给他，自然咯！这干你什么事？留点心，夫人，不要向一个王后直呼'你'。"格罗方纳喊道。

"你不肯接受他补偿给你的钱吗？"

"不肯。"

"你明知你是骗他签字的，而你却还不肯放过他吗？"

"放屁！警察，快把这个妇人给我赶开！"格罗方纳喊道。

于是许多警察都冲了过来，但是女王将她的杖儿一挥，就把他们一个个像雕像似地定在原地方了。

"你不肯用别的东西来交换吗，格罗方纳夫人？"仙女十分严肃地问道。"我再问你最后一次。"

"不肯，"格罗方纳顿着脚尖声地说。"我要我的丈夫，我的丈夫，我的丈夫！"

"你可以有你的丈夫！"黑杖仙女喊道；于是她跨上一级石阶，把手按在门环的鼻子上。

她一触着，这铜鼻子似乎长起来，而本来张开的嘴也张得更大，只听得一声咆哮，把每个人都吓了一跳。他的眼睛异样地溜动，四肢弯曲不住地绞扭挣扎，似乎每次绞扭便伸长了许多；终于这门环膨胀成一个六尺来高穿黄色号衣的人，把门环钉着在门上的螺旋自己松了出来，于是詹金斯格·罗方纳便离开了他悬挂20多年的地方，踏着门槛走下来了！

"主人不在家，"詹金斯用老样的声调说；于是詹金斯夫人啊哟一声，晕倒在地上，这一下没有人去顾得上她了。

什么人都在喊着，"哈哈！哈哈！""嘻嘻，哈哈！""国王王后万岁！""谁曾见过这样的奇事么？""没有，没有，从没有见过啊！""黑杖仙女万岁！"

钟声敲得格外响亮，礼炮轰轰不绝，布尔波逢人便抱；大

法官抛着他的假发，像疯子一样地狂喊欢叫；海特查夫把主教抱在怀里，快乐地跳舞；至于吉格略呢，我让你们想象他在做些什么事，即使他把露珊尔白吻了一次，两次——直至两万次，我敢说他也做得不过分。

于是，詹金斯·格罗方纳打开宫门，行了一个鞠躬礼，正如他以前做惯的样子，他们全体跑进去在证书上签了字，然后同到教堂里去举行婚礼，同时这黑杖仙女骑杖而去，在帕弗拉哥尼亚就永不再听见她的事迹了。

(京)新登字 083 号

图书在版编目(CIP)数据

玫瑰与指环/[英]萨克雷(Thackeray,W. M.)著;顾均正译. —北京:中国
青年出版社,2012.9
(Youth 经典译丛)
ISBN 978-7-5153-1040-4

Ⅰ. ①玫… Ⅱ. ①萨…②顾… Ⅲ. ①童话－英国－近代 Ⅳ. ①I561.88

中国版本图书馆 CIP 数据核字（2012）第 208620 号

责任编辑：彭 岩
Email：pengyan. cyp@gmail. com
*
中国青年出版社 出版 发行
社址：北京东四 12 条 21 号 邮政编码：100708
网址：www. cyp. com. cn
编辑部电话：(010) 57350407 门市部电话：(010) 57350370
三河市君旺印装厂印刷 新华书店经销
*
635×965 1/16 11.5 印张 4 插页 100 千字
2012 年 10 月北京第 1 版 2012 年 10 月河北第 1 次印刷
印数：1－5000 册 定价：22.00 元
本图书如有印装质量问题,请凭购书发票与质检部联系调换
联系电话：(010)57350337

森林报

《森林报》是一部经典科普名著，被列入教育部《全日制义务教育新课程标准》中的推荐阅读书目和小学语文教材的"课外书屋"。作者以"森林历"的12个月为顺序，展现了勃勃生机的神奇大自然，揭示了大自然周而复始的永恒规律，号召青少年朋友"理解自然"、"关爱自然"。我们结合现代教育要求和阅读需求推出了这个全新的"学校/家庭教育读本"：

新译文

☆根据现代语言习惯重新诠释原著，译文更为优美流畅。

☆修改含有"征服自然、改造自然"等思想的部分内容，以切合现代环保理念。

☆取消血腥暴力或非法的捕猎内容。

☆森林中各物种名称更加准确。

☆增补两个新部分：

增《哥伦布俱乐部》

《哥伦布俱乐部》讲述了一群热爱自然的孩子们自发成立了一个组织去探索自然秘密的故事。如果小读者读过《森林报》后对自然产生了兴趣，该怎么做？做什么呢？这个故事正好给这些问题提供了很好的参考，特别是对于学校和家庭教育有一定的指导意义。

增《基特·韦利坎诺夫讲故事》

基特·韦利坎诺夫是个能用知识"忽悠"人的"小骗子"。这本事可不是白来的，他热爱自然，掌握很多自然知识，能融会贯通、灵活应用。读者们如果想在学习、生活中不"上当"，就要向他学习，活学活用才能练出真本事。

新绘本

重新绘制全部插图。

为读者量身定制的全新版式，详见图解：

全新内文导航系统

A 森林历

本书采用森林历法，《森林报》的每一期介绍一个森林月的内容，读者可结合此栏信息更好地理解书中内容。

B 专栏题图

《森林报》包含很多栏目，我们为所有固定栏目定制了题图，使阅读更为便捷。

C 专栏导航

书中很多内容是前后联系的，也有部分内容有些相似，我们特设本标识，帮助读者明确所阅读的具体位置，不致被书中众多栏目搞晕头。

D 注文

作为科普著作，书中有很多生僻知识和专业术语，我们为读者做了适当的解释和注，使阅读更为轻松。

体验**趣味**引导
畅游**科学**海洋

趣味科学系列丛书

（全套定价 336 元）

趣味物理学
定价：22.00 元

趣味物理学续编
定价：25.00 元

趣味物理学问答
定价：25.00 元

趣味几何学
定价：28.00 元

趣味代数学
定价：16.00 元

趣味力学
定价：19.00 元

趣味天文学
定价：22.00 元

趣味化学
定价：25.00 元

趣味动物学
定价：20.00 元

趣味矿物学
定价：25.00 元

趣味地球化学
定价：36.00 元

趣味数学谜题
定价：25.00 元

**趣味魔术
与数学故事**
定价：22.00 元

趣味物理实验
定价：22.00 元

科学家传记系列丛书

达尔文
定价：18.00 元

爱因斯坦
定价：25.00 元

法拉第
定价：20.00 元